有葡萄藤的庭院台阶 | 1922 年 | 黑塞绘

幸福的时刻

在庭园的宁静之中，丰富的世界在我面前展开

蒙塔诺拉宅前的喷水壶 | 1930 年 | 黑塞绘

兔舍 | 1921 年 | 黑塞绘

Ich bin allein,
und leide nicht unter
dem alleinsein

我独自一人，却很自在

[德] 赫尔曼·黑塞 著

钱春绮 韩耀成 张佩芬 译

时代文艺出版社
SHIDAI WENYI CHUBANSHE

图书在版编目（CIP）数据

我独自一人，却很自在 /（德）赫尔曼·黑塞著；
钱春绮, 韩耀成, 张佩芬译. -- 长春：时代文艺出版社,
2025. 6. -- ISBN 978-7-5387-7777-2

Ⅰ. I516.15

中国国家版本馆CIP数据核字第202500F174号

我独自一人，却很自在

WO DUZI YIREN QUE HEN ZIZAI

〔德〕赫尔曼·黑塞 著 钱春绮 韩耀成 张佩芬 译

出 品 人：吴　刚
产品总监：郝秋月
责任编辑：苟士纯
装帧设计：紫图图书 ZITO®

出版发行　时代文艺出版社
地　　址：长春市福祉大路5788号　龙腾国际大厦A座15层（130118）
电　　话：0431-81629751（总编办）　0431-81629755（营销部）
官方微博：weibo.com/tlapress
开　　本：787mm×1092mm　1/32
印　　张：7
字　　数：124千字
印　　刷：艺堂印刷（天津）有限公司
版　　次：2025年6月第1版
印　　次：2025年6月第1次印刷
书　　号：ISBN 978-7-5387-7777-2
定　　价：59.90元

图书如有印装错误　请与印厂联系调换　（电话：022-59950469）

赫尔曼·黑塞
Hermann Hesse

向日葵和西洋菜

| 1933 年 | 黑塞绘

　　我每年都在上面种些向日葵，其脑袋沉沉地耷拉在被风吹歪的茎干上，从肥沃的土壤汲取养料，腐烂后又给土壤以有机物的滋养。秋天，向日葵籽粒被鸟儿啄食，茎干受风雨蹂躏而弯曲昔日一味吸纳养料的苗壮身躯疲惫委顿，只好无奈地伏倒，投向正在等候的大地，开始新一轮生命的循环。

——《园圃时刻》

湖畔的树

| 1930 年 | 黑塞绘 |

　　树木比人更深谋远虑，有持久和安静的思量，正如它们的生命比我们更久长。树木比我们更聪明，只是我们不听它们说的箴言。要是学会了聆听树木的教诲，那就不用再渴望成为一棵树了——除了现在的自己，什么也无须奢望。这就是故乡。这就是幸福。

——《树木礼赞》

人生骚动不宁的游戏并非枉费力气

H. Hesse

目 录 *Katalog*

我独自一人，却很自在

我独自一人，却很自在

房间 | 1920 年 | 黑塞绘

接骨木的香气

时值早春二月或三月，我大约十四岁，一位同伴邀请我出去，一起去砍一些接骨木的枝干。他想用树枝来制作管子，以建造一个小水磨。我们出发了。我的记忆中，那是一个特别美好的日子。大地湿润，积雪刚刚消融干净，水边土地已泛起淡淡绿意。光秃秃的灌木丛上，花蕾和芽苞已带来些许色彩。空气中弥漫着一种气味——一种饱含陈腐和新生两种矛盾意味的复杂气味，湿润的泥土、腐烂的落叶，还有幼苗的气味。人们似乎能闻到第一朵紫罗兰的花香——其实并没有紫罗兰盛开。

我们来到接骨木树旁，它们已经长出小小嫩芽，但还没有叶子。当我砍断第一根枝条时，一股苦中带甜的强烈气味扑鼻而来，这股气味仿佛将所有早春的气息都聚集并放大了。我完全被这种气味惊住了，我闻了闻我的刀，闻了闻我的手，闻了闻接骨木的枝条——正是它的汁液散发出如此强烈而不可抗拒的香气。我和同伴没有谈论这件事。因为他和我一样，若有所思地闻了他手上的枝条好一阵，他也迷失在香气中了。

每一段经历都有它的魔力，正如我的这段经历，在春天即将到来时，我走在湿润的草地，闻着泥土和花蕾的芳香，这种强烈而愉悦的感觉使我着迷，它以接骨木的浓烈香气浓缩成为一个具有永恒魅力的象征。

这段小小的经历终将结束，但我永远忘不了那种香味。从此以后，甚至在我的晚年，每当我再次闻到这种气味，都会唤起我第一次有意感受它的记忆。另外，还有一件事。那时我在钢琴老师那里找到了一本古老的乐谱，那是弗朗茨·舒伯特的一本歌集，我对它十分感兴趣。等待老师到来的时间里，我一直在翻阅它，后来在我的请求下，老师借给了我几天。一有闲暇，我就让自己投身于这种发现的喜悦，我以前从未听过舒伯特的音乐，现在却完全被迷住了。就在我砍接骨木的那天和第二天，我发现了舒伯特的《慕春》，"温暖的春风已经苏醒"，钢琴伴奏的前几个和弦刚刚响起，我就如同重遇故友一般被击中。这些和弦就像年轻的接骨木，苦中带甜，强烈而紧凑，充满早春的气息。对我来说，从那一刻起，早春、接骨木的香气、舒伯特的和弦，这三者形成了一个固定而绝对有效的联系。每当和弦响起，我就会立即闻到那种强烈的植物气味，而这两者结合在一起就意味着：早春。

我非常珍视这个私人联想，绝不会轻易放弃。每当想到"早春"，两种感官体验——嗅觉和听觉便同时觉醒。这是我极个人化的体验。正如我现在告诉你们的这样，我可以传达这种感受，但无法传递它。我可以让你们理解我的联想，但我无法让你们中的任何人也拥有这种联想。我更无法让它也成为你们内在的一个有效符号，亦即一个能够按需调用并总是产生相同反应的机制。

幸福的时刻

在庭园的宁静之中，丰富的世界在我面前展开

园中的草莓如火如荼，

到处闻到甜蜜的清香，

我觉得，好像必须等待，

我的母亲马上就会

穿过绿色的庭园走来。

我觉得我好像是个小孩，

我所浪掷的、错过的，

输掉的、失去的一切，

都像是一场春梦。

在庭园的宁静之中，

丰富的世界在我面前展开，

一切都被赠予我，

一切都属于我。

我迷迷糊糊地伫立着，

不敢移动一步，

深怕那香气会跟我的

幸福的时刻一同散去。

花枝

花枝在微风中

总是摇曳不停，

我那颗孩童似的心

在天阴与天晴，

在欲求与舍弃之间

也总是意乱难宁。

待到花儿萎谢，

硕果挂满枝头，

待到心儿也餍足于童稚，

寻得了宁静，终于识得：

人生骚动不宁的游戏

并非枉费力气，而是充满欢乐。

8

小小的、平和的园事攫取了我们的心

园圃春讯

对有园子的人来说，眼下正是考虑春天活计之时。园主若有所思地漫步在光秃秃的畦陌上，圃畦北缘还有少许黄色的积雪，显得毫无春意。而在草地上、小溪旁、坡地上葡萄园的周边，在和煦的阳光照耀下，已经冒出了一些绿色的生命。率先开放的是驴蹄草[1]，那黄色小花带着羞涩而欢欣的生之勇气，已经出现在草丛之中，并睁开孩童般的眼睛凝视着这宁静而充满期待的世界。然而在园子里，除了雪花莲，一切还是死

---

1. 驴蹄草，学名 Trollius paluster，是一种毛茛科驴蹄草属的多年生草本植物，又名驴蹄菜、沼泽金盏花、立金花。原产于北半球的温带地区，包括欧洲的冰岛与俄罗斯北极地区、亚洲温带与北极地区，以及北美洲。

气沉沉的。在这里，春天本身不会带来太多东西，光秃秃的田垄在耐心地等待照料和播种。

如今，漫步者和周日踏青的人又重新有了好光景，他们可以到处转悠，怀着愉快的心情欣赏万物复苏的奇迹。他们看到，绿草地上点缀着率先开放的喜滋滋的、色彩艳丽的花朵，树木已萌发了绿油油的新芽。他们剪下带着银色柔荑花序的棕榈枝[1]，带回家去装点房间。大家怀着怡然的惊奇观赏这大自然的奇妙：一切来得那么轻易而自然，时间一到便抽芽，并且开始开花。他们或许会有所思虑，但却不会担忧，因为他们看到的只是当下的景致，而无须为夜霜、蛴螬、老鼠之类的危害操心。

在这些时日，园子主人却无法如此安逸。他们四处查看，发觉有些本应在冬天做的事给耽误了；他们想，今年的收成会怎样，忐忑不安地察看着头年情况不佳的作物和树木，清点种子和土豆的储量，检查园

---

1. 棕榈枝的柔荑花序由长在花轴上的许多无柄或短柄的单性小花构成。开花后（雌花为果实成熟后）整个花序一起脱落。

艺工具，发现铲把断了，树剪锈了——当然并非大家全都如此。那些职业老圃整个冬天都把心思用在了活计上，一些勤劳的园艺爱好者和聪敏的家庭主妇也都在各方面做了充分准备。他们的工具一样都不缺，没有生锈的刀，没有受潮的种子包，地窖里的土豆和洋葱也没有腐烂或受损的；新一年的整个田园计划早就订好，并已考虑周详，所需的肥料已经预先订购。总之，一切都准备得完美无缺。的确，他们赢得的赞美和钦佩当之无愧，在今年的每个月，他们园圃的风光又将使我们的园子望尘莫及。

与此相反，我们的园里则是连草都还没长出来。在园圃的活计方面，我们这些人都是半瓶子醋，是懒蛋、梦想家和冬眠者。看到春天来了，又让我们大为惊诧，忐忑不安地发现勤快的邻居早已将一切准备停当，而我们却还在悠悠忽忽地做着冬天的美梦。现在我们羞愧莫及，赶紧拼命直追，要把耽误的进度赶上来，又是磨剪刀，又是紧急给种子商写信。这么一倒腾，又白白浪费了一天半日。

最后我们终于也准备停当，要开工了。像往年一样，头几天的劳动总是让人既欣喜又激动，但也甚感吃力。待到额头上滴下今年第一滴汗珠，靴子陷在松软而厚实的泥地里，执铲把的手掌开始红肿并隐隐作痛时，我们竟觉得那和煦、温柔的三月阳光过于暖和了。经过几小时吃力的劳动，我们腰酸背痛、疲惫不堪地回到屋里，感到炉子的热气竟是如此陌生和滑稽可笑。晚上在灯光下翻阅我们的园圃小册，里面叙述的许多事物和章节非常引人入胜，但也记叙了很多枯燥乏味的劳动。不管怎么说，大自然是善良仁厚的，到头来我们舒适的园子里生长着一畦菠菜，一畦莴苣，些许水果，夏天还有似锦的鲜花，令人赏心悦目。

先是费力的活儿——翻地，翻出了不少蛴螬、甲虫幼虫和虫茧，我们怀着怒火，痛快地将其一举歼灭。近处，乌鸫鸟在歌唱，小山雀在闲聊；树木和灌木丛平安度过了冬天，枝上长出肥厚的褐色芽苞，充满期许地笑对希望；玫瑰细小的枝干在风中轻轻摇曳，似沉醉在未来繁花似锦的美梦中微微打着盹儿。我们对大地万物的信心又与时俱增，到处都可嗅到夏天的气息。我们摇摇头，弄不清这漫长而沉闷的冬天是怎么挨过来的。整整五个月之久，天气昏沉沉的，没有园圃之乐，没有芬芳，没有鲜花，没有绿叶，这该有多遭罪啊！然而，现在这一切又重新开始了，即使今天园子仍然荒芜，但对在园中劳作的人来说，生命正在萌发，万物正在复苏。田园已经有了生命，这里将长出绿油油的莴苣，那里是快乐的豌豆，再那边是草莓。我们把松过的土地平整好，用绳子拉出整齐的行列，并按此来播种。至于花坛，我们预先就分好了颜色和形状，在蓝色和白色之间，安排一片喜庆的红色，边上则缀以勿忘我和木樨草，亮丽的金莲花也种了不少。要是想在夏天喝葡萄酒时来点儿小吃，那还得留出点儿地方种些小萝卜。

随着园事的进展，心里那汹涌而痴醉、如波涛般的喜悦也平息下来，并渐渐趋于平静。奇怪的是，这小小的、平和的园事却以另一种联想和思考攫取了我们的心。田园之乐有点儿类似于创作的欲望与恣肆，你可以在一小块地上按照自己的想法和意愿去安排，创造出自己夏天爱吃的水果、喜爱的颜色和香味；你可以在一小块畦田或几平方米的裸地上培育出不同色彩的艳丽花卉,使之变成赏心悦目的小乐园。不过,这也是有局限性的,你的一切欲望和幻想最终都得视大自然的意愿而定,而且必须让大自然去办,去照应。大自然是无情的。它也许一时被你所骗,似乎让你侥幸得逞,但随后它对你的惩罚将因此而更为严厉。

作为园艺爱好者,一年中只有太过短促的几个暖月里可以多加观察。只要你愿意,并且具有善于观察的气质,你看到的就都会是愉快的东西:在作物的出土与生长中看到地力之充沛,从形态和颜色上看到大自然爱玩乐的脾性与想象力,从小生命联想到人性。因为植物的持家也有好和差之分,有的节俭,有的挥霍,有的怡然自得,有的则是寄生做派。有些植物的习性和生活既卑贱又平庸,有的则是十足的大老爷和享受者气派;邻里之间,有的和睦友好,有的却彼此厌恶,心怀敌意;有的植物枝繁叶茂,无拘无束地生,优哉游哉地灭。有的则是先天不足,后天不良,凄凄惨惨,度日如年;有的繁殖能力出奇地强,长得极其茂盛。有的则需悉心呵护才能繁衍后代。

适宜于园事的夏季来去竟然如此匆匆,这总让我感到惊诧和疑虑。不过几个月，田畦里各种作物便在这短短的时间里发育、萌芽、生长、枯萎和死亡。刚在一块地里栽下幼苗，给它们浇水、施肥，幼苗就苗壮生长，因一时的旺盛繁茂而神气活现；谁知才过两三个月，这些鲜嫩的作物便已老了，达成了自己的使命，就要被清除掉，不得不让位于新的生命。不论你做什么工作，或是无所事事，你都不会比园丁的夏天更行色匆匆，飞逝如流。

因此，在农园有限的范围里，一切生命的有限的循环，都比在其他任何地方看得更清楚，更一目了然。夏季园耕一开始，园农就将垃圾、动物残骸、剪下的嫩枝、修剪下来的树杈、闷坏的或者其他腐败的植物收集起来。所有这些东西，连同厨余的苹果皮、柠檬皮和蛋壳，以及其他各种废弃物统统堆积在一起，沤成肥料。园农对这些垃圾的枯萎、分解和腐烂并不听之任之，而是随时察看，不会轻易将其糟蹋。阳光、雨水、雾霭、空气与低温使园农仔细保存的那些很不雅观的堆肥分解，一年尚未过去，园耕之夏就消逝了，这时所有垃圾都已腐烂，并且重新渗入土壤，使土壤变得黑油油的，十分肥沃。又过了没多久，从秽污的垃圾和死亡中重新长出了胚芽和幼苗，于是那腐烂的、分解的物质又以巨大的威力重新回归为新的、美丽的、色彩缤纷的形态。这整个简单而稳定的循环过程给人类提供了那么繁多而困难的思考，各家宗教也对它做了神乎其神的解释，而这种循环在每个小小的园子里都在静悄悄地、迅速而一目了然地进行着。没有一个夏季不是从上个夏季的死亡中汲取营养；没有一种植物不是同样静悄悄地、准确无误地化作泥土，犹如当初它从泥土里生长出来。

我怀着对春天的期盼，在自己的小园子里播种豆子、生菜、木樨草和水芹，并用其先前的残余物质给它们施肥，回顾其过去，展望将要生长的各种植物。我同大家一样，也认为这个安排得井井有条的循环过程是理所当然的，本是美事一桩，只有在播种和收获的时候偶尔会有瞬间想到：这事好生奇怪，在地球上的一切造物当中，唯独我们人类对事物的循环还有责难，对物质守恒不灭非但感到不知足，还奢望自己个人的永生呢！

（1908 年）

缕缕青烟袅袅升起，融入远山和天空的蔚蓝之中

为一小块土地尽责

任何地方，住惯了，有一小块心爱的土地来种植，那么在那里不只是观赏和作画，还要与农民和牧民共享微小的幸福。按照维吉尔式的、两千年未变的农事历书之节奏生活，在我看来，是一种美好而令人羡慕的运气，尽管这种生活以前我曾体验过，并且知道，这并不足以使我幸福。

看呀，现在好运再度眷顾于我了，它落在了我怀里，就像一颗成熟的栗子掉在旅人的帽子上，他只要将栗子壳剥开就可吃了。出乎一切意料，我再次定居下来，并拥有一块土地，虽非我的财产，却可终生租用！我刚在这块地上盖了房子，并搬了进去，现在要再次开始一段记忆中非常亲切的农民生活了。但是我

17

心里对此不再像过去那样热情和迫切了，而是随性而为；更多的是追求闲情逸致，而非工作；更多的是梦想秋日篝火腾起的蓝色轻烟，而非开垦林地和种植庄稼。但我还是栽了一道漂亮的山楂树篱，种了灌木和小树，还有许多花卉，现在这段无与伦比的美好的晚夏和初秋的日子，我几乎全部都泡在花草和田园中，干些琐碎的活儿：修剪树篱长出的新枝、为开春准备好菜园、清扫小路、清洗泉井。在干这些活儿的时候，我会用枯枝、杂草、荆棘、绿色的或枯萎成褐色的栗壳生起一堆火。

人世间的事还是顺其自然吧，有时不经意间反而得遂心愿，诸如幸运的降临、愿望的实现和生活的称心如意等，皆乃自然随缘的结果。或许好景不长，但一时半会儿却也妙不可言，一如眼下定居下来的感觉，有家的感觉，与花木、泥土、清泉为友的感觉，为一小块土地连同上面的五十棵树、几处花坛，以及无花果和桃树尽责的感觉。

每天早晨，我在画室窗外拣些无花果吃，然后拿上草帽、篮子、锄、耙、剪，走向秋意浓浓的田园。我站在树篱旁，先清除掉卡在树篱间的一米多高的杂草，将牵牛、蔓蓼、木贼和车前草等堆成一大堆，在地上生起小火，添上些木块，再盖上些青草，让火慢慢闷烧。这时便有缕缕青烟袅袅升起，如泉水缓缓流动，从金黄的桑树梢上冒出，飘浮于蓝色的湖水之上，最后融入远山和天空的蔚蓝之中。此时，四邻农家都出来干活儿了，乡亲们的各种声音传入我的耳中。在我的泉井旁有两位老妇在洗衣服，她们边洗边聊，还用"真巴不得"和"我的天啊"之类漂亮的词汇来加强语气。一位名叫图里奥的漂亮男孩，阿尔弗雷多的儿子，正光着脚从山谷里走上来，我还记得他出生那年，当时我已是蒙塔诺拉[1]人了，如今他已十一岁了。他身上穿了件已经洗得变了形的紫色衬衫，站在那里，映着身后碧蓝的湖水，煞是好看。他赶着四头灰色母牛来这秋天的草场放牧。母牛毛茸茸的粉红色的口鼻，闻嗅着从火堆里飘到它们鼻子上的缕缕青烟，它们的头彼此厮磨，或在桑树干上磨蹭。母牛往前小跑了二十来步，在一排葡萄架前停了下来，一俟它们扯拽葡萄藤，小牧童就对它们发出呵斥，牛儿

---

1. 蒙塔诺拉（意大利语：Montagnola），瑞士南部提契诺州的一个小村庄，临近瑞士和意大利边境，俯瞰着卢加诺湖。1919 年，黑塞迁居瑞士，几乎有半生时光居住在此。

就继续往前走，挂在脖子上的小铃铛发出串串声响。我拔掉了蔓蓼，觉得于心不忍，但是我更爱我的树篱，在我用双手清除杂草时，潮湿土地上的各种动植物就显露出来了：一只漂亮的浅褐色蟾蜍从我手边躲到一旁，鼓胀着脖子，瞪着一双宝石似的眼睛望着我；灰褐色的蚱蜢惊起，展开蓝色和砖红色的翅翼飞进草丛。草莓的叶片小巧而精致，边缘呈小锯齿状，有一簇还开了一朵黄心小白花，黄色的花蕊像星星。图里奥眼睛盯着牛群。他今年十一岁，并不是懒散的孩子，但是他正处于压抑的少年之春，也感觉到了季节的空气，品尝了夏天过后色彩之浓艳，体味到秋收之后的懒散，那种迎接冬天的梦幻般的休息欲望。他静静地、懒洋洋地随便溜达，有时停下来，十多分钟一动不动，聪慧的棕色眼睛注视着蓝色的大地，凝视着远处散落在紫色山坡上白光闪烁的村庄，有时啃一会儿生栗子，随即又将它扔掉。后来他在矮草坡上躺下，拿出一支牧笛，开始轻轻地吹了起来，试试能吹出什么曲调，因为这支笛子总共只有两个音。不过，两个音就足以吹出许多曲调，以这支用木头和树皮做的牧笛，两个音足以赞美这蓝色的美景、火红的秋色、懒散地袅袅上升的轻烟、远处的村庄和波光粼粼的湖面，足以嘉誉母牛、泉井旁的妇人、褐色的蝴蝶和红色的石竹花。他吹奏的原始曲调时高时低，这曲调维吉尔已经听过，荷马也已经听过。这曲子感恩诸神，赞美大地，讴歌酸涩的苹果、甜美的葡萄和硕实的栗子，满怀感激之情礼赞湛蓝、嫣红和金黄，以及欢快的湖谷、远方高峻的群山的宁静。它描绘和咏赞一种城里人所不了解的生活，一种既不像他们所想的那么文雅、也不像他们所想的那么可爱的生活，一种既不是充满精神智慧，也不是满怀英雄气概的生活，但却像失落的家园，令每个具有精神修养和英雄气概的人牵肠挂肚，因为那是最古老、最长久、最朴素、最虔诚的人群的生活。这是一种农民的生活，一种勤劳而辛苦，但却是闲适的、没有忧虑的生活。因为它的基石是虔诚，是对主宰土地、水、空气和四季的神明的信赖，是对动植物生命力的信赖。我一边聆听牧笛吹奏的歌曲，一边往快要燃尽的火堆上添盖了一层树叶，希望永远在此伫立，这么无欲无求、心平如镜。我的目光越过金黄色的桑树梢，凝望着色彩斑斓、层次丰富的景色，显得如此平静、如此永恒。虽然不久之前，酷暑的热浪还曾恣意肆虐，不久之后，这里将会遭受寒冬大雪和风暴的大肆蹂躏。

（1931 年）

清晨

白天走进了世界

原野默默地沉睡，

闪着银色的光辉，

一个猎人举起弓，

森林沙沙响，飞起一只云雀。

森林沙沙响，第二只云雀

飞上天，又坠落下来。

一个猎人拾起猎物，

白天走进了世界。

夜间

温暖湿润的风在飞驰，

芦苇上听到夜鸟飞过，

鼓着沉甸甸的翅膀，

从远处村中传来渔歌。

从那未存在过的时代

飘来一些凄楚的传说

和埋怨永远痛苦的叹息；

在夜间听到，真使人难过！

让它叹息吧，让它喧响吧！

周围的世界充满哀愁。

我们要倾听鸟儿的叫声，

要倾听村中传来的渔歌。

23

鸢尾花

在他童年的一个春天，安塞尔姆穿过葱绿的花园，看到母亲种下的花中有一株鸢尾花[1]，是他特别喜爱的。他将脸颊贴在它高高的浅绿色的叶子上，他的手指谨慎地按着锋利的叶尖，闻着这极其美丽的大花，并向花心里面细细凝视。他看到这浅蓝的花的底部长出几排黄色的花蕊，中间有一条明亮的通道，往下通往花萼，进入花朵远处的蓝色神秘之境。他非常喜欢这朵

---

1. 鸢尾花，因其花瓣形如鸢鸟尾巴而得名。此花的属名 Iris 为希腊神话中的"彩虹女神"，她是彩虹的化身，众神与凡间的使者，神意的传达者，其主要任务是将善良人死后的灵魂经由天地间的彩虹桥携回天国。这便是鸢尾花的花语"爱的使者"的由来。鸢尾花大多为蓝紫色，有"蓝色妖姬"的美誉，花形似翩翩起舞的蝴蝶，故又称蓝蝴蝶、紫蝴蝶、扁竹花等。

花，久久地仔细往里端详，但见这几排精巧的黄色花蕊，时而变成皇家花园的金色篱笆，时而变成两行美丽的梦幻树站立在那儿，好似没有一丝微风吹拂，中间那条明亮的神秘通道布满生气勃勃的玻璃状脉络，一直伸向内里。花瓣内面中央有鸡冠状白色带紫纹突起，由这条突起的小径向后倒退，消失在金色的树林中，进入深不可测的咽喉，穹隆的紫色花瓣英姿飒爽，弯弯地架于其上，一片迷人的薄薄的阴影覆盖着静待的奇迹。安塞尔姆知道，这就是花朵的嘴，在华美的黄色花瓣之后，在蓝色的咽喉之中，是花朵的心脏和思想栖息之所，花朵的呼吸和美梦都是经由这条可爱、明亮、布满玻璃状脉络的通道进出的。

在这朵大花旁边，有一些尚未绽放的较小的花朵，坐在结实而多汁的花茎上，由褐绿色花被片构成的花萼包裹着，在浅绿和淡紫的花被片的紧裹中，幼小的花朵正在悄悄地用力往上挤升，深紫色的花苞嫩尖娇柔地卷着，在上方探头张望。卷着的幼嫩的花瓣上，已经可以看到条理清晰的脉络和数以千计的繁复的斑纹。

早晨他从睡梦中醒来，从陌生世界回来，清新的花园总是满怀希望地在等待他。昨天从绿色花被片中卷着露出来的一朵蓝色蓓蕾的硬尖尖，现在已经长出一片如空气般又薄又蓝的新花瓣，像舌头又像嘴唇，正在显现它早就梦想长出的形状与隆突；最底下的部分还在与花被默默地争斗，但是已经可以感觉到精美的黄色花瓣、明亮的脉络轨迹，幽远而馥郁芬芳的心灵深谷亦已准备就绪。也许就在中午，也许在傍晚，它就要绽放，在金色梦幻树林之上隆起蓝色的绸帐篷，它最初的美梦、思想和歌声将悄悄地从这令人陶醉的幽谷中流出。

　　有一天，草地上全是蓝色的风铃草。又有一天，在花园里突然听到新的声音，闻到新的香味，在阳光照得红彤彤的树叶中露出的第一朵月季花，闪着金红色的柔和的光。又有一天，花园里一朵鸢尾花也没有了，它们全都凋谢了，通往下面娇柔而馥郁芬芳的神秘之境的那条围着金色篱笆的小径也没有了，只剩了些冷冰冰的尖叶，显得呆板而陌生。不过灌丛里的红色浆果已经成熟，紫菀花上罕见的新品种蝴蝶自由自在地翩翩起舞，还有赤褐色透翅天蛾，背部闪烁着珍珠般的光泽，也在营营地到处扇动。安塞尔姆跟蝴蝶和卵石说话，与甲虫和蜥蜴交朋友，小鸟讲它们的故事给他听，蕨类植物悄悄地让他观赏它们大型叶片背面由孢子囊聚集成的褐色孢子囊群，绿色和水晶般的玻璃碎片为他捕捉阳光，并将其变成宫殿、花园和金灿灿的宝库。百合花枯萎了，金莲花接着开；月季花谢了，黑莓的莓果变成了暗紫色。一切都在变化，此消彼长，现在消失的东西，时候一到又会出现。即便在那些令人不安的古怪的日子里，寒风在冷杉林中呼啸，花园里枯萎的树叶簌簌地飘落，可是寒风依然会带来一支歌曲、一段经历和一个故事，直到一切全都倒伏，雪花在窗前飘落，玻璃窗上结着棕榈林似的冰花，挂着银铃的天使在黄昏时分飞过，走廊和地板上散发着干果的香味。在这美好的世界，友谊和信任从未消失，在黑黝黝的常春藤旁边，雪花莲不经意间又吐出了光灿灿的花朵，早来的鸟儿飞过蓝色的高空，仿佛这一切始终都在这儿，从未消失过似的。直到有一天，虽然从未预料，但必然会是那样，并且总像是预期的那样，鸢尾的花茎上又冒出了一朵蓝色的花蕾。

一切都是美好的，安塞尔姆觉得，一切都是令人高兴的，都是友好和亲切的，然而最壮丽的魔幻瞬间和最大的恩赐却是当年第一朵鸢尾花给予这个孩子的。在孩子早年的梦境中，他第一次在鸢尾花的花萼中读到这本宝书，对他来说，鸢尾花的芳香和浮动的蓝色是造物的召唤和钥匙。鸢尾花陪他走过了纯真的童年时代，每年夏天都以新的、更为神秘的、更为动人的风姿出现。虽然别的花也都有一张嘴，别的花也散发香味、表露思想，别的花也引诱蜜蜂和甲虫进入它们甜甜的小花房，但是比起别的花来，这蓝色的鸢尾花更让这位小男孩喜欢，也更为重要，对他来说，它是一切值得思考和奇妙之事的比喻和例证。当他向花萼中谛视，他的思想跟着这条明亮的、梦幻般的小径下沉，在奇特的黄色灌丛之间，面对朦胧的花心时，他的心灵便朝那扇大门探望，在那里，现象成了谜语，眼睛所见成了预感。有时他也在夜里梦见这个花萼，看见这无比巨大的花萼在自己面前绽放，犹如天上宫殿的大门。他骑着骏马向里驰去，跨着天鹅朝里飞去，在魔力的牵引下，整个世界也随他一起轻轻飞进、驰入、滑进这妩媚的咽喉，在那里，一切企望和预期定将成真。

地球上每个现象都是一个比喻，每个比喻都是一扇敞开的大门，一旦灵魂准备好了，就可以通过大门进入世界的内心，在那儿，不论你我，不论白天黑夜，一切合二为一。每个人在其一生中，都会在某些地方看到这扇打开的大门挡在眼前，每个人总会在某一次感受到，所有可见之物都是一个比喻，精神和永恒的生命就栖息在这比喻之后。当然只有少数人能够走进这扇大门，看到那美丽的景象就是所感知的内心的真实。

在小男孩安塞尔姆看来，他的花萼像是默默展开的问题，向他才智敏捷的心灵要求一个愉快的答案。随后他又被种种可爱的事物所吸引，去跟小草、石头、树根、灌木、动物以及他的世界里的一切友好之物攀谈和玩耍。他也常常深刻地观察自己，沉醉于自己身上的许多奇怪现象，闭着眼睛感受吞咽、唱歌和呼吸时嘴里和颈部的特殊活动、感觉和想象，觉得那里也有一条小径和一扇大门，心灵和心灵能够走到一起。他惊奇地观察那些意味深长的彩色形象，闭上眼睛的时候，它们就常常在紫色暗影中显现，是一些斑点、一些蓝色和深红色的半圆，其间还有许多玻璃般明亮的线条。有时安塞尔姆也会以欢乐的惊吓动作，体味眼睛和耳朵、气味和触觉之间所具有的千百种微妙的关联，在某些美妙的、倏忽即逝的瞬间，他感觉到音调、声响、字母与红和蓝、硬和软有关或相似。有时他闻到一种野草或者剥开的绿树皮的气味，那香气和味道竟是出奇地相近，并且往往能相互交融，成为一体，对此他也感到十分诧异。

所有的孩子都有这样的感觉，尽管感受的强弱和细腻程度因人而异，很多人早在学习第一个字母之前就把这一切忘掉了，好像从未有过这种感觉一样；另一些人童年的秘密保留了很长时间，其残留部分和回响一直伴着他们，直到白发苍苍的耄耋之年，心力交瘁、身体孱弱的风烛残年。所有的孩子，只要他们还处于童年的秘密里，他们的心里总在不停地琢磨这件唯一至关重要的事，琢磨自己，琢磨自己这个人同周围世界谜一样的关系。探索者和智者在成熟时期会重新回味童年的内心活动，但是大多数人已经忘记，早早地永远离开了这个真正至关重要的内心世界，一辈子都在忧虑、愿望和目标之间色彩缤纷的歧途上迷惘，其实那些东西并不存在于他们的内心，也不会将他们引向自己的内心，把他们带回家。

安塞尔姆童年的夏天和秋天温存地来了，又悄悄地去了，雪花莲、紫罗兰、桂竹香、百合、常春藤和玫瑰开了又谢，谢了又开，其美丽、多彩一如既往。他同它们一起生活，花朵和鸟儿跟他说话，树木和井泉聆听他的声音，他还是照着老样子，拿着他第一次写的字母到花园里，到母亲和花坛上的彩色石块那儿去给它们观赏，把初次交友的苦恼向它们诉说。

然而有一年春天，一切的声音和气味与以往的春天都不一样，乌鸫鸟照常唱歌，可是唱的不是那支老歌；蓝色鸢尾花开了，但是在它筑有金色篱笆的花萼小径上却没有美梦和童话故事进进出出了。草莓在绿荫下讥笑，蝴蝶在高高的伞形花序上翩翩起舞，熠熠闪亮，一切都和往常不一样了。一些别的事情也在孩子身上发生了，他常常和母亲拌嘴。他自己也不知道，这是怎么回事，为什么他总觉得伤心，为什么总是有什么事让他心烦。他只看到世界变了，曾经的朋友都离开他了，丢下他孤零零的一个人。

　　就这样过了一年又一年，安塞尔姆不再是孩子了，花坛四周的彩色石头很是乏味，花儿也默不作声，他用针钉着金龟子放在盒子里，他的心灵也踏上了一条漫长而艰难的弯路，往日的欢乐已经全部流失而干枯了。

　　这位年轻人以迅猛的姿态闯入对他来说才刚刚开始的生活。那个充满比喻的世界早已被抛到九霄云外，忘得一干二净了，新的愿景和道路在向他招手。他那蓝色的眸子里和柔软的头发中还残留有童年的余香，可是他不喜欢这样，他一想起这些，就把头发剪短，让目光里尽可能显示出更多的果敢和智慧。在惶恐不安地期待着的几年里，他在闯荡的路上情绪往往变化无常，时而是好学生和忠诚的朋友，时而孤僻而胆怯；有时埋头于书本直至深夜，有时参加同学聚餐时又狂放不羁，大声喧哗。后来他必须离开家乡，到外地去上学，他长大了，体形改变了，穿着讲究了，只有他回来探望母亲时，才偶尔匆匆地看一看故乡。有时他带着朋友一起回来，有时带着书籍，总时不时地变化着。现在，他走进花园，总觉得花园太小，每次都是以游离的目光默默地四处扫视。在石头和树叶的纹理脉络中，他再也读不到故事了，在蓝色鸢尾的花朵秘密中，他再也看不到上帝和永恒了。

安塞尔姆成了中学生，又成了大学生；起初他回家时戴一顶红色便帽，后来是黄色的；嘴唇上长出了绒毛，后来则蓄了小胡须。他还带了几本外文书，有回还带了一条狗；他胸前常抱着一个公文皮夹，里面有时装着秘密诗歌，有时是抄录的古老格言，有时则是漂亮女孩的照片和情书。他又回来了，他曾到过国外，乘着大轮船漂洋过海；他又回来了，成了年轻学者，戴着黑礼帽和深色手套，老邻居都向他脱帽致敬，称他为教授，虽然他还不是教授；他又回来了，这次穿着一身黑礼服，身材苗条，神情严肃地跟在一辆缓缓前行的车后，车上载着饰以鲜花的棺椁，他的母亲长眠其中。此后他就很少回来了。

如今安塞尔姆是在一座大城市的大学里任教的著名学者，走路、散步、坐和立一如世界上的其他同仁，他穿着精致的外套，戴着讲究的礼帽，神情或严肃，或友好，眼睛里有时充满热忱，有时则显得疲惫，正如他所期望的，他成了绅士和学者。这时他心里又产生了童年结束时的那种迷惘。他突然感到好多光阴白白流失掉了，如今自己仍是孑然一身，置身于这个他一直寄予期望的世界，深感孤独和失落。当教授并非真正的幸福，受市民和学生躬身致意亦非真是什么快乐。这一切他都觉得很乏味，是过时的玩意儿，幸福还在遥远的将来，而通往幸福之途既炎热又布满灰尘，极其平常。

在这段时间里，安塞尔姆常到一位朋友家去，因为他被那位朋友的妹妹所吸引。现在他不轻易追求漂亮女孩子了，这方面也变了，他觉得，他的幸福一定是以特殊方式到来的，而不会在每扇窗户后面翘首以待。他很喜欢朋友的妹妹，常常以为，自己是真爱她的。可她是一位特殊的女孩，她的每一步、每句话都独具特色，都会让他铭记于心，与她同行并同她保持同步，并非总是容易的事。安塞尔姆有时晚上在寂寞的寓所来回踱步，若有所思地听着自己的脚步穿过空落落的房间，每当这时，他的内心总为这份感情剧烈挣扎。她年纪稍大，比他所期望的年龄略微偏大了些。她非常特别，恐怕很难既同她一起生活，又继续追求他的学术抱负，因为对这方面她毫无兴趣。再说，她也不是很强壮，不是很健康，尤其难以应付社交应酬和节庆活动。她最喜欢带一本书，独自安安静静地看看鲜花，听听音乐，等着是否有人上她这儿来，而不去管外面的世界。有时她是如此柔弱和神经过敏，一切不熟悉的东西都会使她伤心和眼睛湿润，随后又静静地、娴雅地在寂寞的幸福中容光焕发，见此情景的人都会觉得，要取悦于这位貌美的奇女子委实不易。安塞尔姆常以为，她是爱他的，又常觉得，她谁也不爱，只是对每个人都温柔友好，她希望从世界得到的只不过是安静而已。而他对生活的要求则不同，如果他要娶妻，那家里就得有生活，有声响，就得高朋满座。

　　"爱丽丝，"他对她说，"亲爱的爱丽丝，如果这世界是另一个样子！如果这世界上什么也没有，只有你那美丽而温存的圈子，充满鲜花、思想和音乐，那么我就别无所求，只愿终身陪伴在你身边，聆听你的故事，生活在你的思想里。你的名字就使我感到很惬意，爱丽丝是个绝妙的名字，可我还一点儿也不知道，这名字让我想起了什么。"

"你肯定知道，"她说，"爱丽丝就是鸢尾花，就是蓝色和黄色的那种鸢尾花。"

"对！"他心里有一丝忐忑不安，"我知道这花，它非常美丽。但是我每次说起你的名字，它总在提醒我还有什么言外之意，我不知道是什么——它仿佛把我同深沉而遥远的重要记忆联系在一起，可是我又不知道，也找不着，这可能会是什么。"

爱丽丝含笑看着他，他则不知所措地站在那里，用手擦着额头。

"我每次都是这样，"她用小鸟般轻柔的声音对安塞尔姆说，"我每次闻一朵花的时候，心里都在想，这芳香是与某种特别美好和珍贵的东西有关的一份纪念。那东西以前曾为我所有，后来又从我这儿失落了。听音乐的时候也有这样的感觉，有时这感觉出现在读诗歌的时候——有什么东西突然一闪，只是一瞬间，仿佛看到失去的故乡突然就在自己脚下的山谷里，但马上又消失和忘却了。亲爱的安塞尔姆，我觉得，我们活在人世就是为了这个意义，为了思索、寻找与谛听逝去的遥远的声音，而在这声音后面就是我们真正的故乡。"

"你说得多美啊！"安塞尔姆恭维地说，他感到自己胸中近乎痛楚地一动，仿佛那里有一只隐藏的罗盘，不由分说地在为他指示遥远的目标。然而这个目标与他愿意为之献身的那个目标完全不同，这使他很苦恼，难道真值得把自己的生命消耗在美丽童话后面的梦幻里吗？

这期间有一天，安塞尔姆从寂寞的旅行中回来，觉得自己那没什么陈设的寓所里非常寒冷和压抑，他就跑到他那位朋友家，打算向美丽的爱丽丝求婚。

"爱丽丝，"他对她说，"我无法这么继续生活下去了。你一直是我的好朋友，我要把一切都告诉你。我必须要娶妻子，否则我觉得我的生活是空的，毫无意义。然而可爱的花朵，除了你，我还会娶谁做我的妻子呢？你愿意吗，爱丽丝？你会有许多鲜花，只要能找到的，你都会有，你还会有一座最美丽的花园。你愿意跟我共同生活吗？"

爱丽丝久久地、平静地望着他的眼睛，她没有笑，也没脸红，而是以坚定的声音回应他："安塞尔姆，对于你的问题我丝毫不感到吃惊。我爱你，虽然从来未曾想过做你的妻子。但是你看，我的朋友，我对我要成为他妻子的人有很高的要求，比大多数女子的要求还要高。你答应要给我鲜花，这是你的好意。但是没有鲜花我也能生活，也可以没有音乐，这一切，还有许多别的东西，如果有必要，我都可以放弃。只有一样我永远不能、也不愿放弃：如果不是把我内心的音乐放在首位，那么即使是一天，我也无法活下去。假如我要跟一个男人一起生活，那么这个人内心的音乐必须同我内心的音乐协调得完美无缺。因此，使他自己的音乐保持纯洁，使它同我的音乐和谐共鸣，这必须是他唯一的追求。你能做到吗，朋友？这样你也许就不会继续出名，继续获得荣誉了，那你的屋子将是静悄悄的，而这些年来我在你额头上发现的那些皱纹也将会全部消失。啊，安塞尔姆，这不行。看，你是这样，你总在动脑筋研究，让新皱纹爬上你的额头，你总得时时为一些事情发愁，而我之所思所为，你也许会喜欢，觉得很有意思，但是这对你和大多数人来说只不过是一件精致的玩具。啊，听我说：你现在觉得是玩具的一切，对我来说就是生活本身，将来对你也是一样；而你现在为此耗费精力、为此发愁的一切事情，对我来说则是玩具，我觉得不值得为此而生活——我是不会再改变的，安塞尔姆，因为我是按照我内心的法则生活的。你呢，你会改变吗？你得完全改变了，我才能成为你的妻子。"

安塞尔姆沉默了，面对她那一向被他认为是软弱而轻率的意志，他大为吃惊。他默默无言，他激动地把他手中拿着的从桌上取来的那朵鲜花，不经意间捏得粉碎。

爱丽丝温柔地将花朵从他手里拿出——这就像是一次直刺他心头的严重的谴责——随后突然爽朗而深情地笑了起来，仿佛她不经意就在黑暗中找到了一条大路似的。

"我倒有个想法，"她脸上泛出红晕，轻声地说，"你会发现我的想法很独特，会使你高兴的。这个想法可不是一时心血来潮。你想听吗？你同意让这个想法来决定你和我的大事吗？"

安塞尔姆不理解她的意思，眼睛注视着他的女友，苍白的脸上一团狐疑。但是她的笑容迫使他不得不信任她，并对她的提议表示同意。

"我想给你提出一个任务。"爱丽丝说，神情马上就变得非常严肃。

"说吧，这是你的权利。"安塞尔姆投降了。

"我是很严肃的，"她说，"这是我最后一句话。你会接受我的由衷之言，即使你没有马上理解，也不讲价钱，不打折扣吗？"

安塞尔姆答应了。于是她站起身来，并把手伸给他，说道："你有好几次对我说，你每次说我名字的时候，都觉得仿佛想起了什么遗忘的事，它曾经对你非常重要，十分神圣。这是一个标志，安塞尔姆，这是这些年来把你吸引到我身边的原因。我也认为，你心里丢失和遗忘了什么重要而神圣的东西，只有等你找到了幸福，达到你确定的目标之时，才会重新苏醒——再见了，安塞尔姆！现在我与你握手道别，并请求你：去寻找吧，去寻找你记忆中被我的名字所唤醒的东西吧。等你找到的那一天，我愿成为你的妻子，终身与你相随，无论你想去哪儿，除了你的愿望，我自己再无所求。"

安塞尔姆被搞糊涂了，慌慌张张地想打断她的话，并把这个要求斥为任性，但是爱丽丝以明澈的目光提醒他信守承诺，他只好一声不吭，沉默着。他两眼低垂，拿起她的手，放到唇边吻了吻，便走出门去。

在安塞尔姆的一生中，他曾接受并解决了若干任务，但没有一次像这次那么奇怪，那么重要，而又那么让人丧气。他日复一日地走来走去，苦苦思索，在他茫然不解、怒气冲冲的时候，把它斥为女人心血来潮时的胡思乱想，思想上就将它拒之门外。可是在他内心深处却有一种反对的声音，一种细微的隐痛，一个很柔弱、几乎听不见的嘱咐。他自己心中这种细微的声音认为爱丽丝是对的，也对他提出了与爱丽丝同样的要求。

对于这位学者来说，这个任务实在太难了。他要回忆那些早已忘却的东西，他要从湮没多年的记忆之网中重新找出那条唯一的金线，他要用双手抓住什么东西，并将其呈献在他的爱人面前。这只是一声消散的鸟鸣，听音乐时显露的一丝悲伤和喜悦，较之思想，它更为轻薄、短暂和无形，较之夜梦更为无关紧要，较之晨雾更为飘忽不定。

有时，当他沮丧地抛开一切，或因为情绪恶劣而放弃这一切的时候，便有一阵来自遥远花园的微风突然向他吹来，他十遍、几十遍地悄悄呼唤着爱丽丝的名字，轻柔而舒缓，好像在一张拧紧的琴弦上试音。"爱丽丝，"他悄声呼唤着，"爱丽丝！"他感到随着一丝微微的痛楚，自己内心有什么东西动了一下，好像一幢久已无人居住的老宅的大门无缘无故地打开了，百叶窗在嘎吱作响。他认为已将自己的回忆梳理得井井有条，但对此作了一番检验之后，居然奇怪地、令人吃惊地发现，他记忆里的珍藏比他一向所想象的要少许多许多。有好几年的记忆完全缺失，他回想之时竟是一片空白，就像未曾写字的白纸。他发现，他要费尽思索，才能重新清晰地回忆起母亲的面容。他完全忘记了他年轻时狂热地追求了一年的那位姑娘的名字。他记起了一条狗，这是他以前上大学时一时心血来潮买的，在屋里养了一段时间。他花了好几天，才重新想起这条狗的名字。

这位可怜人心中的悲伤与恐惧越来越大，他满怀痛苦地看着自己的生命白白地流去，化为乌有，不再属于他，对他是陌生的，同他毫无关系，就像过去背熟的文章，现在费好大劲儿也只能记起一些片段。他开始用笔记述，他要逐年回顾，把自己的重要经历写下来，以便将来牢牢把握在手中。可是他最重要的经历在哪儿？是当了教授？是成为博士？是上了学，成了大学生？或是已经忘却的曾经一度钟情的这个或那个女孩？他惊恐地仰首高呼：这就是过去的生活？这就是过去的一切？他敲着自己的额头，狂笑不止。

这期间，光阴的流逝从没有如此迅速和无情！一年过去了，他觉得，他仍站在离开爱丽丝那一刻的老地方。实际上这段时间里他变了很多，这一点除了他自己谁都看得出，也都很清楚。这一年里他既变老了，也变年轻了。他的熟人如今都对他感到很陌生，觉得他精神涣散，情绪变化无常，性格古怪，得了个"怪枭"的名声，这固然令人遗憾，但也是他打光棍儿时间太长的缘故。这样的事屡见不鲜：他常常玩忽职守，让他的学生在那里空等。有时，他心事重重地挨着一幢幢房子悄悄地穿过街道，套在身上的那件邋邋遢遢的大衣，将沿街墙脚的灰尘擦得干干净净。有人说，他开始纵酒了。有时，他在给学生作演讲时会突然中断，竭力思索什么事情，并且露出别人从未见过的天真而感人肺腑的笑容，以温暖和动人的语调继续他的讲演，打动了很多人的心。

　　在毫无希望地寻找失落在花香和忘却的痕迹之后的早年印记的过程中，他早就获得了一种新的意义，可是他自己并不知晓。他经常发现，在他一向称之为记忆的东西之后还有其他记忆存在，就像在一面旧的画像底层还有更古老的、从前被粉刷掩盖的画像在沉睡一样。他想极力回想起什么来，比如他旅行时曾经逗留过几天的某座城市的名字，或者一位朋友的生日，或者别的什么。于是他像在垃圾中翻找一样，遍寻往昔的每一个小块，突然间他想起了一些别的事。他突然感到一阵气息向他吹来，像是四月早晨的和风或九月的薄雾，他闻到一种芳香，他尝到一种味道，觉得身上的什么地方——在皮肤上、眼睛里、心里，有种神秘而温柔的感觉。慢慢地，他意识到，这一定是从前的某一天，蔚蓝、温暖，或者凉丝丝、灰蒙蒙，或是任何一天，这一天的特征一定深深印入了他的心里，成为模糊的记忆悬于心头。这一天可能是春天或冬日，他能清清楚楚地闻到和感觉到，却无法在往昔的实际岁月中重新找到，它没有名字和数字，也许是在大学时代，也许还在摇篮里的时候，但是这芳香在这里，他能感觉到心里有什么东西在活动，却不知道是什么，也无法说出、无法确定其名称。有时他觉得，这些记忆也可能追溯到了前世的生活，虽然对此他自己也觉得好笑。

安塞尔姆在穿越记忆深谷的迷惘寻找的过程中也有许多发现，其中有的令他百感交集、心潮澎湃，有的让他心惊胆战、张皇失措，但是有一样他遍寻未果，那就是爱丽丝的名字对他究竟意味着什么。

在到处寻找不到答案的痛苦中，他也曾重新回到老家，又去寻访了树林、巷子、小径和篱笆，站在童年时期的老花园中，他心潮起伏，往事像梦一般将他缠绕。他悲伤之余又默默回来了。他推说病了，把来探望的人全都打发走。

只有一位朋友来到他跟前，就是他向爱丽丝求婚以来一直未曾见过的那位朋友。他来了，见安塞尔姆不修边幅地坐在他郁闷的屋子里。

"起来，"他对他说，"跟我一起走，爱丽丝要见你。"

安塞尔姆一跃而起。

"爱丽丝！她怎么啦？——噢，我知道，我知道！"

"是啊！"这位朋友说，"跟我走！她快死了，她病倒很长时间了。"

他们来到爱丽丝跟前，她在沙发床上躺着，轻飘、瘦小得像个孩子，一双更大了的眸子流露出粲然的微笑。她把苍白的孩子般的小手递给安塞尔姆，它在他的手里像是一朵花，她的脸上则显得容光焕发。

"安塞尔姆，"她说，"你生我的气吗？我对你提出了一项艰巨的任务，我看到，你一直在忠实地履行。继续寻找吧，继续在这条路上走下去，直到达到你的目标！你以为，你走这条路是为了我，其实你走这条路是为了你自己。这，你知道吗？"

"以前我预感到了，"安塞尔姆说，"现在则明白了。这条路是漫长的，爱丽丝，我早就想回来了，但是我再也找不到往回走的路了。我不知道，我会变成什么样。"

她望着他哀伤的眼睛，露出欣慰的粲然笑容，他俯在她瘦弱的手上长哭不止，眼泪浸湿了她的手。

"你会变成什么样，"她说，声音像一缕记忆的微光，"你会变成什么样，这你不必问。你一生中寻找过很多东西。你找过荣誉，找过幸福和学问，也找过我——你的小爱丽丝。这一切不过是漂亮的图像而已，它们都离开了你，就像现在我也得离开你一样。我的情形也是如此。我也不停地寻找过，找到的也都是美丽而可爱的图像，但它们也全都飘落了，凋谢了。现在我再也没有图像了，也不再找了，我回家了，只要再走一小步就到家了。你将来也要到那儿去的，安塞尔姆，那时你额头上就不会有皱纹了。"

她的脸色非常苍白，安塞尔姆绝望地喊道："哦，再等等，爱丽丝，先不要走！请留件信物给我，好让我不至于失去你！"

她点点头，拿起旁边的花瓶，摘了一朵刚开的蓝色鸢尾花给他。

"请拿着我的花，这朵鸢尾花，你以后会来到我身边的。"

安塞尔姆哭泣着，将鸢尾花捧在手中，眼含泪水同她告别。不久，他的朋友捎了信来，他便又来到他家，帮着将爱丽丝的棺椁饰以鲜花，帮着将她入土安葬。

从此以后，他的生活完全崩溃了，他觉得，再也不能将这根线继续编织下去了。他抛弃了一切，离开了自己的城市和自己的职位，在世界上消失了。他曾在某些地方露过面，也曾在家乡出现过，倚在老花园的篱笆上，可是当有人向他询问，并要对他表示关心时，他就走开，不见了。

他依然非常喜欢鸢尾花。无论在哪里，只要见到这种花，他就要弯下腰去细细观赏。当他的目光沉入花心久久谛视时，便觉得所有过去和未来之物的香味和感应都从蓝色的底部向他迎面飘来，直到他因愿望无法实现而悲伤地走开。他觉得，自己仿佛在一扇半掩的大门前谛听，听到了最最可爱的秘密在大门后面发出的声息，当他正以为现在，此刻，一切便会向他显现，他的愿望将得以实现时，大门一下子自行关上，世上的冷风向他刺来，使他平添了几分寂寞。

梦中，母亲跟他说话，他如此清晰和贴近地感觉到母亲的形象和容貌，这是多年未曾有过的。爱丽丝也常常同他说话，他醒来时，余音还在萦绕，使他整天都在对此进行沉思。他居无定处，整天在乡间流浪，或借宿农家，或栖身林间，食则面包或浆果，饮则酒或树叶上的露水，对此他毫无知觉。很多人当他是傻子，也有人视他为魔法师；很多人怕他，很多人笑他，很多人喜欢他。他学会了过去从来不会做的事：同孩子们在一起，参加孩子们奇怪的游戏，同一根折断的树枝和一块小石头说话。时间寒来暑往地过去，他凝视着花心，望着溪流和湖泊。

"图像，"有时他自言自语地咕哝着，"一切全是图像。"

但是他感觉到，他心里有一个并非图像的实质，他紧紧跟随着它。他心里的这个实质有时会说话，其声音是爱丽丝和他母亲的声音，这声音是他的安慰和希望。

奇迹与他邂逅了，但并没有让他感到惊异。那是有一回，他冒雪跋山涉水，胡须上结了冰。他看见雪中一株尖尖的、细长的鸢尾，开了一朵美丽而寂寞的小花，他微笑着向花儿俯下身去，因为现在他已经懂得从前爱丽丝对他的一再提醒了。他重新认出了他童年的梦，看到了在金色的篱柱之间那条明亮的、脉络纵横的淡蓝色通道一直伸向花儿的秘密和心脏，他知道，那儿便是他寻觅之所，那儿便是实质，而不再是图像。

启示接二连三地向他显现，他在梦幻的引导下来到一座小屋，这里全是孩子，他们给他牛奶喝，他跟他们一起玩，他们给他讲故事，还告诉他，在树林里的炭窑那边出了一桩奇事：每千年才开一次的神灵大门打开了。他听着，并向这可爱的情境点头致意，随后继续前行。桤木林里有只小鸟在他前面唱歌，声音奇特而甜美，很像是已故的爱丽丝的声音。他跟随这只小鸟，它连飞带纵继续往前，越过溪涧，进了树林。

当小鸟停止歌唱，听不见也看不到的时候，安塞尔姆也停下脚步，环顾四周。这时他正立于树林里的一道深谷中，在宽阔的绿叶之下轻轻流淌着一条山溪，除此之外便是一片静谧与等待。可是在他心里，小鸟仍以可爱的声音在继续歌唱，并催促他继续往前，直到他来到一处青苔密布的悬崖绝壁前，绝壁中间有一道狭长的缝隙一直通往山体内部。

一位老者坐于缝隙之前，他看见安塞尔姆前来，便站起身来，高声喊道："回去，你呀，回去！这是神灵之门。从这里进去的人，还没有一个出来的呢。"

安塞尔姆抬头朝岩壁之门张望。他看到一条蓝色小径通往山体深处，小径两旁竖立着金色的篱柱。蓝色小径一直往下延伸，就像进入了一个巨大的花萼之中。

小鸟在他心中响亮地歌唱着，安塞尔姆从守门人身边闪过，进了缝隙，穿过金色篱柱，深入到里面蓝色的秘密之中。那是鸢尾花，他闯入了它的心房；那是母亲花园里的鸢尾花，他轻飘飘地进入了它蓝色的花萼。当他悄悄地朝着朦胧的金色走去时，所有的记忆和学问一下子全都恢复了。他摸摸自己的手，手是细小而柔软的。爱的声音在亲密地呼唤，近在咫尺，传进了他的耳朵。这亲切的声音和璀璨夺目的金色篱柱宛如他在童年时代的春天听到的和看到的。

他孩提时代做的那个梦，这时也重新出现了，梦里他走进了花萼，整个图像世界跟在他身后，一起沉入这些图像之后的秘密中。

安塞尔姆开始轻声地歌唱，他的小径轻轻地引导着他回到了故乡。

（1918年）

日暮时的碧空

从桨上落下最后一滴尘世的烦恼

哦，多么纯洁、奇妙的景色，

当你从紫红色和金色之中

铺展得那样宁静、严肃而雍容，

你，辉煌的日暮时的碧空！

你令人想起碧波的大海，

幸福就在那海面上抛锚

而安然休憩。从桨上落下

最后一滴尘世的烦恼。

54

越过原野⋯⋯

越过天空，白云在移动，

越过原野，风儿在吹，

越过原野，流浪着

我母亲的迷途的孩子。

在街路上面落叶飞舞，

在树林上面鸟儿歌唱——

山那边的某处地方

一定有我遥远的故乡。

草地卧躺

明亮的夏日草地铺上彩色的毛绒

花儿开放，姹紫嫣红，

明亮的夏日草地铺上彩色的毛绒，

浅蓝的天空，

蜜蜂的歌声，这一切，

难道都是某位神的梦呓，

是能量渴望释放的下意识呼喊？

悠悠高山的袅娜身影

枕着蓝天，果敢而优美，

难道那也只是大自然

紧张的痉挛，只是狂热的张力，

只是疼痛、折磨，只是无意义的触摸

和永不停歇、永无幸福的动作？

啊，不！离开我，

你这世间痛苦的噩梦！

你只是晚霞中蚊子的扑扇，

小鸟的一声啼鸣，

一阵微风，阿谀逢迎

清凉我的额头。

离开我，你这人类亘古之痛！

纵使一切皆是折磨，

纵使一切皆是痛苦和阴影——

然而绝不是这阳光照耀的甜美时刻，

绝不是红苜蓿的芬芳，

绝不是我心中

深深的、温柔的舒畅！

常常

我的灵魂变成一棵树，一只野兽，一幅云纱

常常，当一只鸟儿啼叫，

或是一阵风吹过枝头，

或是一只狗在远处农家狂吠，

我就要默不作声，倾听良久。

我的灵魂就往回飞，

直到被遗忘的千年之前，

鸟儿和吹拂的风还跟我相似，

还是我的弟兄们的当年。

我的灵魂变成一棵树，

一只野兽，一幅云纱。

它变样了，回到陌生状态，

向我问话。我该怎样回答？

园圃时刻

　　早晨近七点离开屋子，走上亮堂的露台，火热的阳光透过无花果树的树荫，晒热了粗糙的花岗岩胸墙。这里摆放着我的工具，它们都在等我到来，对于每一件我都了然于心，且同它们情深谊厚：盛草的圆筐、镐头、短把小锄（听从提契诺一位睿智长者的话，我在木把与小锄连接处嵌入一根皮鞋带，以防木把开裂，在潮湿时节我也照此办理，随时准备好，因为时常要用）。这里还有耙子，有时也备有锄头、铲子，两只喷水壶盛着太阳照晒的温水。

　　手提箩筐和小锄，我迎着朝阳，踏上清晨劳作之路，经过凋谢打蔫的蔷薇和台阶旁的花林，攀缘蔷薇贴着花岗岩往上升，蔷薇底下各种花草互相缠绕，杂乱丛生，许多鸢尾花、女人心[1]和茉莉花——娜塔莉娜[2]的馈赠，还有筷子芥和向日葵。向日葵在这里深受大风之害，每逢雷雨和焚风，我就为它暗自担心，尽管如此，我还是种了，因为我喜欢，向日葵也是此地最常见的花。

直到去年，在花木之中还有一株外来植物：种在台阶旁的那棵巨大的仙人掌，其高堪与十岁孩子相比，多年来一直长势喜人，腰粗体壮，全副武装的胳膊将任何"邻居"拒之于外，不让它们挨近自己的身躯，只有脚下不知从何处迁居来的矮矮的褐色苜蓿得到它的容许，并且结下友谊，相处融洽欢愉。然而去年那个多雪的冬天，积雪压断了它不少多肉的茎枝，创口腐烂，渐渐向体内侵蚀。如今这块伤心地杂草丛生，在那棵外来仙人掌昔日扎根的地方，我试种了一棵耧斗菜，但愿那儿的阳光不要太过充足，因为耧斗菜性

---

1. 女人心（Frauenherz），又名荷包牡丹（Herzblume，直译"心花"）。
2. 娜塔莉娜是黑塞的厨娘，退休后帮助主人照看园圃，后文还将提到她。

喜凉爽，林地是它的故乡。

我满意地继续前行，刚走几步就来到屋前的沙砾场。我弯下腰，拔掉沙砾中长出的三两棵绿色幼草，并将地上无花果树和桑树早落的黄叶捡起。于是有种感觉油然而生：就如刚才所做，让园子保持干净，屋子周围更应加倍清爽，因为沙砾场、蔷薇花坛和黄杨木都是屋子的扩展，过了黄杨木就正式进入园田。

穿过葡萄架走下草坡，草帽低低压着额头，沿着漂亮的石阶而下，过了一个又一个缓坡。身后屋子已经不见，我望着修剪过的黄杨木，凝视炽热的天空。园田和种葡萄的陡坡将我相迎，有关屋子、早餐、书籍、邮件和报纸，各种各样的思绪，我全都抛开。

瞬间，远方的一片蔚蓝将我的眼睛吸引，我亲切地遥望远山，俯瞰波光粼粼的湖面。清晨，群山错落有致，轻柔地迎向朝晖，待到太阳当空之时，就变得更为坚实、粗壮和真切；暮色降临，阳光照晒的温热徐徐消散，斑斓的色彩如在咫尺，将岩石、森林和村庄全都热情地披上晚霞的金光。而此刻清晨，只有山脊巨大的轮廓清晰可见，那些山峰，前面的部分呈蓝灰色，靠后的渐渐明朗，天光越亮，雾霭越薄，银色越显。我从耀眼的东方转过目光，园田的主人兼守卫开始了一天的劳作。

我发现草莓枝上长了嫩蔓，快要开花，而草莓丛中却杂草丛生，最好在它尚未开花，未将无数种子撒向四处之前，就将杂草统统拔除。还有山上开辟的那条曲径也让我牵肠挂肚，每次倾盆大雨之后，山道的状况常常让我满心欢喜或是忧心忡忡：山上的水是否能从边上的水沟顺畅地排入草地，或是如我心存惊吓每每所见——斜坡险情环生，最终被瓢泼大雨冲毁，草地上堆积着乱石和沙砾，小径也深深开裂，出现许多塌陷豁口。曲径两侧窄小的梯田除了葡萄，很少种植其他作物，那是因为地势太陡，水源太远，或是葡萄枝蔓遮挡了阳光。然而人们一直设法在这片薄地上种些东西，盼望有所收获，比如种些矮豆、草莓、卷心菜和豌豆。

这里有块最好、最宽的梯田，娜塔莉娜每年都有很好的收成。她多年来对我一直忠心耿耿，自退休以后，就不再照管餐厨。她精心照料这块台地，将兔粪、柴灰装进铁桶，拉到这里来肥田。在靠近园畦的小径旁，我们每年都种些花卉，因为这条陡路上每天有人来往，即使豌豆和卷心菜被晒得干渴难当，而路边的那些花儿——金鱼草、金莲花和紫红的百日草总能得到浇灌。鲜艳的花朵将干渴的坡地点缀得生意盎然。经过种植鲜花的斜坡，往下就到了厩舍。

这里虽然早已不再饲养牲畜，可如今仍叫这个名字。厩舍底下的门很少打开，里面堆放着箱笼瓶罐和破旧杂物，通风的地面空间储存的是木料，有烧炉子的薪柴，还有桩柱等。厩舍旁的小屋是洛伦佐放工具的地方。他负责管理葡萄，春天给葡萄剪枝、缚蔓，夏天给葡萄灌水、熏硫杀虫防病，晚秋和冬天则给葡萄施加所需之牛粪。厩舍是园田的聚会点和中心。这片平坦的土地，在如此陡的坡上实属罕见，这里的每棵树、每株葡萄都植于梯田，而梯田的获得则全靠人工巧妙地开垦。这块平地虽然狭小，我们却非常喜爱；在这里，我们种植蔬菜，男女近邻都爱来此盘桓。这片耕地远离家舍，藏于绿野，我们钟爱于它，它的诸多价值和好处外人恐怕难以识得（不是人人都看得起它），可是我们对它深有所知，倍加珍惜，感恩于怀。

厩舍旁的这块台地并不优越阔气，无法与盖了豪华屋宇的上等地块相比，那里视野开阔，朝南可以纵览宽阔的湖谷，朝北可以远眺崇山峻岭；那里玫瑰盛开，四周有黄杨树篱相围，来客都对屋宇的地理位置赞不绝口，都想知道这座山峰的名字，以及……噢不，厩舍旁的这块地却是另一个样。

朋友，在这里你无从登高俯瞰湖谷和远方，你不可能有"几乎直至波尔莱扎[1]"的眺望，窃听游客迷醉的赞叹；这里是农村，没有楼堂，只有畜舍，东墙种的是玫瑰和葡萄，还有一棵大梨树遮掩，味美的梨子成熟在十月。

树下花木扶疏，花姿俊美，笑靥春晖，绿色的蜥

---

1. 波尔莱扎（意大利语：Porlezza），意大利北部科莫省的一个风景优美的小镇，坐落在卢加诺湖东岸。在蒙塔诺拉地势高、视野开阔的地方可以望到波尔莱扎。

蜴常常在此照晒太阳，在阳光中快乐地鼓胀着蓝色颈项。紧挨厩舍南墙是一堆去年囤积的肥料，黑而松的泥土堪称宝贝。为了装点这堆肥料，我每年都在上面种些向日葵，其脑袋沉沉地耷拉在被风吹歪的茎干上，从肥沃的土壤汲取养料，腐烂后又给土壤以有机物的滋养。秋天，向日葵的籽粒被鸟儿啄食，茎干受风雨蹂躏而弯曲，昔日一味吸纳养料的苗壮身躯疲惫委顿，只好无奈地伏倒，投向正在等候的大地，开始新一轮生命的循环。

花木是多么奇妙，它们命定于一年，甚至数月之内就走完从萌芽到死亡的生命所有阶段！春天我们像看婴儿一样乐滋滋地看着幼苗，注视其匆匆生长，观赏其傻气的花容，娇柔可爱，又憨态可掬，既天真无邪又贪欲无厌——不想这花，我们视之为孩童的花，晚夏的一天突然谜一般地变了容颜，显得愁眉不展，暮气沉沉且颓唐委顿。可它依然嫣然而笑，极为成熟练达，是警世的典范。

这里，向日葵金黄的脑袋熠熠闪光，园田小径外面的植株乃是偶然播撒的种子长成，茎干诚然低矮，但却傲立于蔬菜之中，尽管它们不该在那里生长，但仍获得养分，受到照料。

可是我们这里最最宝贵的，乃是干净的碎石路旁厩舍边罩着木盖的那个又深又宽的蓄水池，所蓄之水来自近处的一泓清泉，森林边的草地和胡桃树根也由它来灌溉和滋润。蒙塔诺拉的邻舍都知道，这泓泉源颇为特别，泉水冬温夏凉，是草与人的甘霖。这蓄水池是我们最早建的，有水管与泉源相连，另一座水池建的地方则离此地较远。以前草坡上的这泓泉水几乎白白流走，经过日照的泉水温暖和顺，足以灌满百余只喷壶，滋润干渴的植物。

这片平坦的菜地两旁也栽了葡萄，只是东南面那一行遮挡了过多阳光，因此我打算逐渐让这行葡萄闲置。菜畦一行挨一行，整整齐齐，特有生机，更有葡萄和桃树为其遮阴。这些蔬菜，从播种到侍弄几乎全由保姆一手操持，不过有时我也来这儿看看。这里的活本来就很繁重，更何况除了洗衣做饭，她还要接待来访的人和受邀而来的宾客，一天下来她往往累得筋疲力尽。

我的目光来回查看园畦里的一行行蔬菜，只见其蓊郁鲜嫩，生机盎然，长势喜人，就是农妇或者园丁来种，恐也无人能出其右。像这胡萝卜，多么壮硕水灵，打理得干干净净！吃的时候我较少给予美言，但在园中却是对它赞誉连连，碧油油的缨子清香浓郁，柔软轻飘。绿毛虫视其为美味佳肴，它们羽化成黄色凤蝶，在田野上翩翩起舞，令我神往。

　　胡萝卜叶的清香让我想起童年，那时夏天我常以它喂食毛虫，自己则用坚牙啃咬娇红脆嫩的萝卜头。啊，遥远的少年时光！你竟也从园圃的快乐中热切地来到我人生之秋的岁月，每每撩拨我垂暮的心房，令我忆起苦涩和甜蜜的以往。

　　菜畦里随处可见肥硕的野草潜于胡萝卜叶的浓荫中悄然攫取养料，蹿得很高。我将手伸进胡萝卜缨中摸索，抓住寄生的草根，毫不留情地将其拔起，扔进筐里。这一块地种的是香菜，本地管它叫"普莱采莫罗"，到了萧瑟的冬天，茵绿的菜畦都已凋敝，十二月严寒，大雪覆盖大地，田间地头一片荒芜，唯有婀娜多姿的香菜仍是绿叶扶疏，因为洛伦佐用木棍为它盖了一个顶棚，其上覆以柴火和枯萎的芦笋枝叶。

经过几番权衡和盘算，我们今年才将这块菜地扩大为两处，在草地上开了一条几步宽的土槽，洛伦佐费了几天时间翻地、筛土、将石块运走，趁严冬未至在槽里埋下粪肥。一天，我一早就来到新辟的番茄地，好赶在艳阳透过无花果的树荫之前对番茄加以护理。我的番茄共有五行（我说"我的番茄"，因为它们都由我亲自栽种和照看，而其他菜蔬则全是保姆娜塔莉娜的功劳），整整齐齐，长得郁郁葱葱，茁壮旺盛，绿叶遮掩着丰腴多汁的枝茎。在此我可将栽培秘诀透露：植株根部周围均施以湿润、松软的泥炭细土，再将少量化肥和入其中。请试一试，十分有效。健硕多汁的植株伫立于萋萋绿叶之中，茎节上向四方爆出许多随心所欲的叶芽，叶下绿荫之中随处掩隐着正在变大的青果，两个一丛，三个一簇，即将于夏季成熟，从绿叶中露出红艳艳的笑脸。

缠缚番茄茎干，1935 年

番茄将于夏季成熟，从绿叶中露出红艳艳的笑脸。

不过，我今日来此并非为看番茄结的果子，我是专为察看支撑株茎的枝干而来，它们全都采自近处的树林，多为一人多高的栗树枝条，但也有刺槐和少许白蜡树的枝丫，有些植株已长得与枝干齐高。

其实植物与人一样，总有一些生来健壮，生长期间对周遭同类肆无忌惮、贪得无厌地攫取，它们不久就因身材魁梧强壮而备受赞赏，随即又因无可遏制的虚荣心而广遭嗤笑。我仔细检查枝干，确认每根都牢固而挺直，随后又一簇簇察看植株，手拿小刀修剪随处疯长的枝芽，每株只保留两三个分枝，其余的尽数切除，叶腋处徒长的无数叶芽只留下极少几个，因为这些叶芽长势过旺，徒然消耗营养，影响通风透光。

我从包袋里取出绳线，将茎枝上部轻轻绑缚在枝干上，因为茎枝自身无法支撑。番茄植株生长发育十分迅速，每五天就得再绑缚一次，所以我的包袋里总是塞满绳线，有的枝蔓我也用韧树皮绑缚，显得很好看。不过我倒从不缺绳线，常有出版社的包裹寄到家里，我便将捆扎包裹的绳子收集起来。

在我一行行侍弄番茄之时，上午时光已经流去，树荫也消失不见，地上蒸腾湿热之气，叶子散发着苦涩的气味，身边筐里刚剪下的枝叶已经萎蔫，这时骄阳似火，让人感到灼热难当。我只好搁下未完的工作，逃离暴晒的菜园，迫切地躲进树荫，在厩舍近处的桑树下找到一片阴凉。我把筐里的枝叶倒在一个草山上，这草山是由杂草长期堆积而成，好让这些枯枝败叶重新变成土壤。桑树下的这片地被保护得很好，又很隐蔽，桑树结实而宽大的叶子总是为它遮阴，这里还有我亲手栽种的一棵桃树，我将它绑缚在树桩上，期望有果子坐在桃枝上。

　　下方有一道山楂绿篱，是这块园田的地界，再往下有条田间小路，走的人不多，有时我在草中蹲着或站着，能听到下方有人经过的声音，他们看不见我，就误以为四下无人，说起私密话来也毫不顾忌。这次大概是两位农妇，连续几夜暴风雨后，今天一大早就到林子里去捡拾柴火，她们穿着笨重的农鞋，背着篓筐，缓缓打这儿经过。她们走走停停，说这说那，聊起家长里短，笑声不断又抱怨连连。许多话我听得十分清晰，其余的话已渐渐消失在林中，传来的只有手折枯枝的咔咔声。

有时我也听到——这事不再外传——砍刀斫伐活树的沉闷声响。有人极为阴险，显然有备而来，趁清晨无人之际违禁砍伐枝丫，或许连幼树也一齐捎带，好为自家多增加些薪柴……

我赞美你呀，绿色的蔽障，和树荫中的一座座野草山！每当周遭炎热难当，林中的鸟儿也不再啼唱，或是我心情烦闷忧伤，因工作上的失误，读了恶徒居心叵测的来信，抑或精神颓丧之时走出书房，每当遭遇这些时光，你就会带给我慰藉！哦，你总是待我以同样的快乐和亲切，常常赐我以无与伦比的宁静，几乎连啄木鸟的声音也听不见。

我感谢你，你给了我美梦、意念和遗忘的幸运。有时，我在此处半是劳动半是休闲，"狮子"悄没声儿地穿越园田的丛林和葡萄园而来，它是我们的公猫，我的朋友，我的弟弟。它温存地喵喵轻叫，低着头在我脚上磨蹭，眼睛乞求地望着我，伸展四肢仰躺地上，

与宠物猫"狮子",1935年

"狮子"悄没声儿地穿越园田的丛林和葡萄园而来,
它是我们的公猫,我的朋友,我的弟弟。

向我展露它雪白的腹部和颈项，撺掇我与它耍玩。它目标精准，往往一跃就到我肩上，偎依着我，温柔地发出呼噜声，直至心遂所愿。有时只默默打个招呼便一闪而过，它心有所思，有事要进林子，优雅的步子一晃，便不见这暹罗人的儿子，我们的狮子的踪影。

它还有一个名叫"老虎"的兄弟，腹部和颈项的毛色棕黄。它们曾经亲密无间，心照神交，如影随形，是一碗吃饭、一床睡觉的好伙伴，自从童年消逝，雄性的情欲与妒忌，致使它们分道扬镳，如今恩断义绝，势不两立。

现在我也躲到了这里，颈背被太阳晒得通红，腰背酸痛，两眼蒙眬。我想在此略加休息待到中午，干点儿不费劲的消遣活儿，让身心放松。先前我从工具棚里拿来一只轻便的小圆筛，还有取火工具和一堆废纸，因为在此地我很少能够克制自己生火的意愿。

说起人们对火的偏爱，其传统源远流长，可从孩提时期玩火的乐趣，上溯到亚伯或亚伯拉罕的献祭[1]，因为任何习惯，无论是美德还是恶行，均深深植根于远古时期，对于每个人都具有特殊的意义。比如对我来说，火（及与其相关的许多事物）标示着焚祭，是对神的象征性崇敬，意味着我将多元归一，我既是司祭，又是仆人，我在施行，又在被施行，我将草木化成灰烬，助死者迅速灭绝、转生与赎罪，同时自己内心也常常沉思冥想，迈着同样赎罪的步子走向多元归一，任凭神审视。于是，炼金术的全部过程和精炼的祭品就大功告成，先将坯料金属置于火上煅烧、淬火，再加入化学制剂，假以时日，静待金属发生奇异之变化，

1.指"燔祭"。燔祭是《旧约圣经·利未记》中提到的五种祭祀方式（或祭物）之一，需要将祭牲置于祭坛上烧成灰。燔祭是给神的食物，不重在赎罪，重在让神享受并得到满足。亚伯和亚伯拉罕为圣经故事人物，均见于《旧约圣经·创世记》。该隐和亚伯是兄弟，该隐种地，亚伯牧羊。一日，该隐以农产品为供物献给耶和华；亚伯也将他羊群中头生的羊和羊的脂油献上。耶和华看到亚伯并不存有为己的打算，便悦纳了他的供物，而没有看中该隐的。该隐大怒，便将亚伯杀死；上帝为考验亚伯拉罕，让他将儿子以撒献为燔祭。亚伯拉罕便将以撒带到指定的地方，捆绑起来置于祭坛的柴堆上。亚伯拉罕举刀要杀以撒，施行燔祭，这时，上帝的使者从天上呼叫说："不可伤害他！"最终，以撒未被献祭。

炼出旷世瑰宝、智者的宝石，虔诚的信徒在自己心中得到净化和升华，沉思、坚守、斋戒，经数日抑或数周，直至整个过程结束，完成了自身的化学变化，也炼成了同样的奇珍。犹如金属在坩埚中淬炼，他的感官得到锤炼，超脱红尘，他的灵魂因销铄至臻，玉洁冰清，神奇地越出生生灭灭，还归于本原。

现在我看见你们在笑，也许是笑我蹲在地上添柴加薪，扇风捅火，笑我用比喻装饰我幼时沉湎于寂寞的美梦和沉思冥想之快乐，甚至以此自鸣得意。亲爱的朋友，你们明白我的意思，正如我了解我的所有这些虚构不是美化，只是表白，所以请你们也忍受我天马行空的胡言乱语……

我蹲在野草堆与绿篱间的树荫下，刮着火柴，点燃废纸，将几许秸秆和枯叶稀松地置于其上，然后再慢慢添加，先只加干的枝叶，后来也加上绿叶青枝。如果是入秋之后，我喜欢生一堆旺旺的明火，但是现在因为天热又缺少干柴（稍后秋分时节刮过暴风雨后就有干柴了），我只好生一堆缓缓燃烧的闷火，像炭窑似的冒着袅袅青烟，微火可以燃上半日甚至几天。我太太就常管我叫"烧炭工"，因为我喜欢生火，总是弄得烟味满身。虽然她自己从不沾烟气，但对我的一身烟味却可以容忍——岂止是一般的容忍！为此，在这烟祭中我特别想到她，她今天出门去谷地的卢加诺城了。在种种事情中，我还要表明烧炭工的信念：焚烧土壤好处多多，可是今天大家都不这么做了，而是以化学方法改良土壤，提高其纯度，为它增肥、去酸。再说，如今谁也没时间坐在篝火旁烧土——谁来付这份工钱？不过我是作家，甘愿付之以清贫，或许还要搭上些许牺牲方得蒙上帝之恩泽，不仅生活于今世，还往往摆脱时间的羁绊，得以不受时间局限，呼吸于宇宙之间，这在以前可非同寻常，谓之出神或曰入化。如今这已毫无意义，因为时间显得非常宝贵，浪费光阴被视作恶习。我在这儿所谈论的状况，专家们称之为"内向"，是逃避自己生活的责任，是沉湎于梦幻、一味玩乐的懦夫行径，对于此类懦弱之辈，成人尽皆不屑一顾。

对财富价值的评估因人、因时代而异，即使每个人对自己的心境均感满意。但是，回到泥土中吧！我

筛滤土壤，1935 年

回到泥土中吧！泥土经过仔细筛滤，就成了智者的宝石。

是说焚烧土壤和烧炭窑，这是我钟爱的活计，但如今已非时尚。以前大家都相信，通过焚烧有益于更新土壤，增加收成，譬如我器重的作家施蒂夫特曾提到园农"焚烧"各种土壤[1]，我也很想试试。将蔬菜水果和根茎之类废弃物与泥土掺和在一起加以焚烧，烧过之后的泥土颜色有深有浅，有红有灰，沉淀在火堆下的粉末，细腻如面粉。

对我而言，这些泥土经过仔细筛滤，就成了智者的宝石，是我那些烟熏火燎的日子的所得，珍贵的收获。我将其装进铁桶，提到花园里，俭约地分撒在最喜爱的花木上，夫人的小花园也得以分享这焚火献祭的最精妙之硕果。

今天我又像中国人一样蹲着，草帽低压在眼睛上，悉心将干柴湿枝交互放置，以盖住闷燃的微火。我在这里堆了一个大柴草堆，再次将全部堆积物放进火里

---

1. 施蒂夫特是黑塞十分喜爱的作家，黑塞在散文《百日草》中也曾提及。施蒂夫特曾在多篇作品中描述过烧土，如在中篇小说《布丽婕塔》中就对"烧土"有具体描写。

焚烧。堆积物里有各种杂草——园畦中的寄生植物，还有疯长的生菜和瓜蔓，其间常能发现几根夹着纸片的木条，这原是播种的园畦之标识，因长久未用已经过时，一如长者的智慧和圣贤的文章今日已经不合时宜，甚至横遭某些人的嘲笑和践踏，宛似这堆废弃之物。但对沉思者、悠闲人和梦幻家，对感觉敏锐者而言却十分珍贵，乃至神圣，能在观照和思考中抚慰人的心情，镇定地将激情和欲念驾驭。然而那激情，那强烈的情欲仍需加以驯化，以匡正他人，教化世界，用思想塑造历史，可惜盖因当今世界已经如此沉沦，精英们的欲求也和其他人一样，到头来都将导致流血、暴力和战争，而当野蛮而又强烈的欲念主宰世界之际，智者明哲之举便是炼丹和游戏。我们恬淡无欲，在尔虞我诈的时代，谨以心灵的那份宁静来与世道抗衡，这是长者颂扬和追求的美德，我等当竭力善行，而不冀求马上改变世界，如此则足以称道。

中午骄阳似火，四周寂静，空中没有些许声息，只有远处深谷里的路上传来车轮滚动的声响，间或传出火焰贪婪地吞噬烤干的树根时爆响的噼啪之声。我小憩片刻，但也非优哉游哉。我跪在地上，双手捧起先前篝火烧就的灰烬，轻轻置于圆筛之中，再掺以垃圾堆下温湿而微微有点儿霉腐味的陈土，然后缓缓筛动这松散的灰土混合物，筛子底下就积起一座细粉状的灰土锥形小丘。筛土过程中，我陷于固定而相同的节奏，此实非我之所愿。在这节奏中，我那永不疲倦的回忆响起了一首乐曲。我哼着这曲子，却不记得乐曲与作者的名字，随后我突然想起：是莫扎特的曲子，这是一首双簧管四重奏……于是在我便在心里开始了一项思想游戏，多年来我一直勤练不辍的玻璃球游戏[1]。这是一项奇妙的发明，其骨架为音乐，其基础是冥想。约瑟夫·克内希特是这项游戏的大师，我获得这一美好想象的学问便是得益于他。欢乐之时，这想象是我的

1.《玻璃球游戏》是黑塞1943年创作的一部长篇小说。故事发生在2200年左右一个与世隔绝的小世界——卡斯塔利亚。卡斯塔利亚人全是知识界的精英、人类文明的保护者，而集科学和艺术于一体的玻璃球游戏体现了他们知识的最高境界，游戏的规则和程序是一种高度发展的符号系统。卡斯塔利亚人组成一个教团，培养精英人才。主人公约瑟夫·克内希特在教团的精心培养下，精通游戏规则，被选为这项游戏的大师。这是一部寓言和讽喻小说，表达了对法西斯主义的极端厌恶和反抗，是作家对世界和文明的命运，尤其是对艺术命运的思考，反映了作家对人生意义的孜孜不倦的追求和对人类美好未来的向往。

游戏和快乐，痛苦和迷惘之时，它是我的慰藉与思索。在这篝火边，在筛灰土之际，我常玩玻璃球游戏，尽管克内希特的游戏造诣令我望尘莫及。

锥形小丘不断增高，筛出的土粉往下滑流，在机械地筛摇或者往箩筛里装进新灰土的时候，还必须照看一下冒烟的闷火堆。当大盘向日葵从厩房那里朝我张望，葡萄藤蔓后面的远方天际现出正午的蓝色之时，我便听到音乐，看见过去和未来的人，看见智者、诗人、学者和艺术家正在齐心合力建造有千百扇大门的精神大教堂——将来我会对它进行描写，不过现在时候未到。然而无论这一天来迟来早，或者永远不会来临，在我需要安慰的时候，约瑟夫·克内希特那项意义深远的奇妙游戏总会使我这个古老东方的旅行者，摆脱时间和数字，跻身于圣哲先贤之列，他们和谐的合唱也容纳了我的声音。

听！过了一个小时，在短暂的永恒之后，一个清爽的声音温存地将我唤醒。我太太自城里购物回来，在家中喊我，我回应了她，起身将最后一捧粗糙原料置于我展示炼丹术的火上，把筛子放进工具棚，冒着刺眼的阳光踏上曲折的山道，攀上沙砾场走进屋里。我向太太打招呼，并答应给她喜爱的花，给她的罂粟花和矮翠雀贡献一份厚礼——颜色最深的灰土，作为花的肥料。

此时我突然感到太阳的灼烫和身体的疲倦，便继续拾级而上，躲进屋子的阴凉里。刚洗过手，太太就招呼我上桌进餐。她给我盛了碗汤，谈起城里的事。她说，下次我该陪她进城，因为我的头发长得已经垂到脖子上，得让人给我剪一剪，也好有个人样，不至于像是森林里的魔怪。她对我的反对充耳不闻，继而问起园圃的事情，不久我们就这一问题进行了热烈讨论：今晚是给整个还是大部分园子浇一次水（这得花好几小时，绝非轻松小事），或许由于最近这场雨，土壤还足够湿？最后我们都认为是后者，于是满意地享用完这顿有覆盆子的美餐，红艳艳黄澄澄的果实全都采自山上井泉平台。

（1935 年）

狮子的哀诉 [1]

请不要让我孤独地在此站立

树木簌簌，花儿含笑，

我孤独地站着，始终不解其意，

可我觉得，一切皆是世界的欢欲，

每一步都是败兴与沉沦。

小虎呀！我的玩伴，长相与我相似的兄弟，

你能听到我的呼唤？

没有老虎我该怎么办？没有你，

---

1. 这是一首即兴短诗，黑塞曾将它随信寄给几位挚友。"狮子"和"老
   虎"是黑塞养的两只小公猫。

即便是世上最美好的东西，

也不如粪土和鼠尾。

每只老鼠和每条蜥蜴，

还有心爱之物，全都给你；

我要为你挖鼹鼠和甲虫，

让你同我一起进入所有禁入的房间，

酣睡一觉，做个被禁止的奇妙美梦。

林中，蕨类植物迎风摇曳，

蜘蛛在金雀花下爬行，

还常有好闻的鸟儿的气味，

然而请不要让我孤独地在此站立。

难道我永远失去了你？

你没有听见我哀诉的歌声？

你不是生来就是我的孪生兄弟？

亲爱的好兄弟，回来吧！

七月的孩子

沿着繁茂的花园游逛，静静地耽于沉重的梦里

我们，七月里出生的孩子，

喜爱白茉莉花的清香，

我们沿着繁茂的花园游逛，

静静地耽于沉重的梦里。

大红的罂粟花是我们的同胞，

它在麦田里、灼热的墙上，

闪烁着颤巍巍的红光，

然后，它的花瓣被风刮掉。

我们的生涯也要像七月之夜，

背着幻梦，把它的轮舞跳完，

热衷于梦想和热烈的收获节，

手拿着麦穗和红罂粟的花环。

大伏天 [1]

夏天强烈地发挥它的热力而自我燃烧

在干瘪的金雀枝的斜坡上，

变黄的石头里，金色的尘埃里，

发黄的槐树的叶子之中，

夏天是多么强烈地发挥

它的热力而自我燃烧！

干枯的荚壳里爆出黑色的果核，

日暮时，星星像过分成熟，

---

1. 原文直译为"犬的日子"，即天狼星逼近太阳的日子，时间约为 7 月
   24 日至 8 月 23 日。

沉重地吊在天空上面，

天空像发高烧时脉搏的跳动，

像孕育着一场雷雨在沸腾。

在生命还处于愉快的战栗之中

湿润地、嬉戏地流动之处，

夏天气喘吁吁，拼命地

登峰造极。它不想这样持续下去，

它渴望陶醉，渴望牺牲的幸福，

死神叫唤它：骑着瘦马

在夏天前面疾驰，不管大地

耗竭、凋零、烧焦。

叶子和草叹息地舒展，

发出沙沙的声响和杯子的叮当之声。

我得听从生命的声音，它呼唤我跟随它

菩提花

又到了菩提花盛开的时节。每天傍晚，夜幕开始降下，辛苦工作的一天业已结束的时候，路上便出现了一群群妇女和姑娘，她们架起梯子，爬上菩提树采摘花朵，直至装满自己的小篮。日后谁有病或者不舒服，她们便可为他配制一剂治病的药茶。她们做得很正确；难道应该听任这个美妙季节的浓香、欢笑、阳光和温暖白白地消逝吗？难道不应该设法把似锦繁花留下或者浓缩保存在某个地方，以便我们随时索取，带回自己家，借以在未来寒冷和恶劣的季节中获得安慰？

为了应付日后贫乏无聊的日子，人们多么应该把一切美好事物满满装进口袋小心保存啊！当然，也许只是装进了徒有虚假香气的虚假花朵。一天接一天，丰美无比的世界在我们身畔倏忽而过；一天接一天，鲜花盛开，阳光灿烂，笑声盈耳。有时候我们满怀感恩之情汲饮这一切，有时候我们很疲倦、很厌烦便不理不睬；而无与伦比的美始终围绕着我们。它是一切欢乐的庄严源泉，它不期而来，它不可收买；它自由自在，是上帝赐给人人的礼物，就像这随风飘来的菩提花香。这些辛勤地蹲在树干间采集花朵的妇女们，她们将会替受寒和发热的人配制药茶，却不会消受上苍赋予的最美好、最微妙的东西。那一双双在夏日黄昏里散步的情侣们，傻乎乎地迷醉于甜蜜爱情，也不会享受到它。而一个徒步旅行者，边走边深深呼吸的漫游者会获得它。凡是漫游者都懂得品味一切最美好、最可爱的东西，因为他除了欣赏之外，还懂得一切欢乐转瞬即逝。他很少牵挂什么，因为他无法让自己只汲饮某一个源泉，他习惯于千变万化，因而他从不恋恋不舍一切已消逝者，也从不渴求在某个一度令他十分欢愉的地点生根。世上有些旅行爱好者，年复一年，总是去同一些地方旅行，而世上确有许多地方美得让人难以割舍，以致人们立即决定不久再来此重游。他们大都是善良的好人，却并非善于漫游者。他们有点儿像傻乎乎沉醉于爱河的情侣，也有点儿像热心肠采集菩提花的妇女。但是他们毫无漫游意识，不知道什么叫作安静、严肃而愉快的永恒一再告别。

昨天，这里来了一个到处转悠漫游的年轻手艺人，他以自由乞讨为自己的生存方式，向一切居民和采集者表示滑稽的敬意。他搬走了那架靠在最大一棵菩提树上的梯子，树上还满是采集花朵的妇女，他却一下子溜得不知去向。尽管我把梯子搬回原处，并设法平息了妇女们的辱骂，我还是觉得他的恶作剧挺逗人乐。

噢，年轻的流浪汉，快乐的漫游者，虽然我曾赠送你们中的某人一枚五分硬币，但是我的目光追随他就像追随一位国王，满怀着尊敬、敬佩和羡慕之情。你们中的每一个人，即便是那位最潦倒褴褛的人，头上都有一顶看不见的皇冠。你们每一个人都是天之骄子，都是征服者。因为我也曾经属于漫游者之列，我懂得当一个流浪汉和陌生人的滋味，尽管时时怀念乡土，尽管生活匮乏和不安定，但感觉还是极其甜蜜的。

沿路不断袭来一阵阵古老菩提树的甜香，穿透了静谧的夏日黄昏。孩子们在河岸边歌唱嬉戏，手里握着红色和黄色的纸风车。一双双情侣悠闲地在荆棘丛畔散步，蜜蜂和土蜂嗡嗡穿行于满街的金红色尘埃之中，狂喜地旋转出一道道金色的圆环。

　　说真的，我并不羡慕荆棘丛畔那一双双沉浸爱河的情侣，也不是很羡慕那些天真无邪、快乐嬉戏的儿童，或者旋转得似痴如醉的蜜蜂。我只羡慕年轻的漫游人。他们才懂得享受一切，无论是香气还是花朵。

　　多么希望再年轻一次，天真烂漫，无牵无挂，大胆而又好奇地奔跑在这个世界上，樱桃时节，贪得无厌地摘吃街边成熟的果子，每逢十字路口就数着上衣扣子决定"向左或者向右"！多么希望再度在那短促、芳香、静谧的夏日深夜里，酣睡在半途的草堆上，多么希望再和林中的鸟儿、蜥蜴、甲虫无忧无虑地和睦生活在一起！这也许值得付出一个夏天和几双袜子的代价。但是已毫无可能。何况再去唱那些老歌，再去挥舞那根旧旅杖，再去行进在那尘土飞扬的可爱的街巷上，还满脑子幻想自己又回到童年，身边的一切又和从前一模一样，已是毫无价值的事。

是的，往事已永远消逝，不管我变成了老人或者变成了市侩！唉，我现在也许比以往任何时候都更为愚蠢、更为放肆，在我和那些聪明能干者以及他们的事业之间，也比从前更难互相沟通和联系了。我至今仍然能时时聆听到——与我稚嫩年少时一样——生命之声向我发出的呼喊，而我从未想过背叛这一召唤。不过它已不再呼召我寻求漫游、寻求友谊、寻求高举火炬的狂歌狂舞，它的声音已变得轻柔而深沉，引导我走一条更为孤独、更为静谧、更为隐秘的道路，我至今也不清楚，路的尽头是欢乐还是痛苦，但是我愿意跟着它走，我也必须这么走。

我少年时曾经设想自己成人后的模样，事实却全然不同。如今我又面临另一些期待、问题和不平静，我的渴望远远多于我能实现的。菩提花散发出香气，徒步旅行的年轻人，采集花朵的妇女，孩子们和情侣们，人人都知道遵从自己的规律，并且明白自己应当干什么。唯有我不知道自己要做什么。我仅仅知道：

我既不能像那些嬉戏的孩子们一样无忧无虑地快乐，也不能像毫无拘束的漫游人那样任意前行，既不能像情侣们迷醉于爱情，也不能像采集花朵的妇女那样具有照料人的意识。我只知道，我得听从生命的声音，它呼唤我跟随它，无论我能否认识它的意义、它的目标，尽管它正日益把我拉离欢乐的街道而进入隐秘和模糊之中。

（1907 年）

葡萄园、湖和群山

湖啊，你让我沐浴，让我晒黑，

葡萄园，你的葡萄熟了，让我

在以后的夏天醉饮，

群山啊，你们像慈母的手臂保护我，

当我憧憬着投身遥远的世界。

森林啊，在你那里每夜有猫头鹰啼叫，

对我的内心进行有关无常的说教，

可是，我的心并不想死，

它定要长久地、永远地活下去，

因为，森林啊，总有一天，在早晨，

当露水还散发香气，我要让你

看一看我喜爱的最美丽的女性，

亲爱的森林啊，我对她说过这句诺言。

95

晚夏

薄雾湿润，余温犹存

晚夏仍旧将甜蜜的温暖

日复一日赐予大地。似伞的花冠上

蝴蝶扇动疲惫的双翼，

闪烁着金色的光芒。

薄雾湿润，余温犹存，

晨曦黄昏悉心吞吐缥缈氤氲。

突然绮丽的亮光闪烁，一片黄色

大桑叶飘向淡淡的蓝天。

叶荫之下葡萄静静地藏身，

晒热的石块上蜥蜴在憩息。

世界似被魔法沉入梦境，

你可不要将它唤醒。

间或，远处飘来一段音乐

也凝固成为金色的永恒，

直到摆脱魔法的禁锢

回到现时，勇敢地继续前行。

老人立于葡萄架旁，

搓着太阳晒黑的双手，眼看丰收在望。

天色未晚，白昼还在欢笑，

此时此地让人多么神怡心旷。

浇花

在夏日过去之前，

我们再次照看花园，

给花浇水，它们已经打蔫，

不久，或许是明天，就将凋谢。

在世界再次变得疯狂，

大炮狂轰猛射之前，

我们为美好事物喜气洋洋，

并为它们放声歌唱。

（1932 年晚夏）

怀着惊喜和愉悦注视着野生植物界欣欣向荣的活力

退化

　　这些天的上午，读完新收到的邮件之后，我就走进花园。我说的"花园"，其实是一个相当陡峭而又野草丛生的草坡，只有几处梯田上的葡萄在我们年迈的短工的精心侍弄下长势喜人，可是其余的一切都呈现出正在退化成荒林的强烈态势。好些地方两年前还是草地，如今却只有一些稀疏的杂草，显得光秃秃的，取而代之的是长势茂盛的白头翁、玉竹、轮叶王孙、欧洲越橘。有些地方长出了黑莓和石楠，其间遍布毛茸茸的苔藓植物。为了挽救草地，这些苔藓连同其四邻的植物得让羊群来啃啮，土壤也要让羊蹄踩踏。可是我们没有羊，即使挽救了草地，也没有肥料来养护，所以欧洲越橘和其他灌木根系交织，紧密地纠缠在了一起，年复一年，越来越深地扎进草地，使整片土壤重新变成了荒林土。

我注视着这一退化进程，心情时而沮丧，时而愉快，全视当时的情绪而定。有时我径直在一小块垂死的草地上干了起来，用耙子和手指向长势劲猛的灌木和杂草发起攻击，在受到挤压的草丛间毫不留情地把软垫似的苔藓清除掉，将欧洲越橘灌木丛连根拔起，装了满满一小筐，并没有考虑这样做有何用处，就像这些年来我的园事工作完全成了隐逸者的游戏，没有实际意义一样，就是说，只对我而言它才有实际意义：具有保健作用，经济上也不无裨益。每当我眼疾发作和头疼难受之时，我就需要变更一下日常工作，改做一些体力活儿。长年来，我发现为此目的而做的园艺和焚烧枝叶这两项假性劳动，不仅有利于身体的调整和放松，而且也有助于静修，有助于不断喷出幻想之丝和凝聚内心的思绪。偶尔我也设法使草地林化的进程有所减缓。有时我停留在这片地南缘的那道土墙前——那是二十多年前为阻挡邻近树林的延侵而修建防护沟时，用挖出来的泥土和无数石块堆积起来的。以前我们在土墙上栽种了覆盆子，现在却长满了苔藓植物、林地杂草、蕨类植物和欧洲越橘，其中一些已经长成粗大的树木，尤其是那棵绿荫蔽地的菩提树。这些树木伫立在那里，委实像重新慢慢逼近的树林的前哨。今天，在这个特殊的上午，我来到这里，丝毫没有要与苔藓、灌木丛、荒芜景象以及杂林为难的意思，而是怀着惊喜和愉悦注视着这野生植物界欣欣向荣的活力。草地上到处是新长出来的水仙，绿叶多肉，含苞待放，花冠还是闭合的，尚未变白，而是呈小苍兰那种浅黄。

我缓缓穿过园圃，边走边欣赏在朝阳映照下红棕色的玫瑰嫩叶，察看刚刚移植的大丽菊尚未长出叶芽的茎梗，望着其间头巾百合粗壮的花茎以不可遏止的生命力在向上伸展。此时我听到下面远处传来忠实的葡萄工人洛伦佐的喷壶的咯咯声，我便决定去跟他聊聊，同他商量园田工作的种种事宜。我带着几件农具，一块梯田、一块梯田地走下山坡，途中看到多年前自己遍植于山坡上的数百棵葡萄麝香兰在草中显出秀丽高雅的身姿，心中好不欣喜，同时我在考虑，今年给百日草准备什么样的园畦。美丽的桂竹香正值盛开，看来真让人高兴；在地势较高处的那个肥料堆上覆盖着一层凋落的山茶花，红艳艳的，煞是好看；堆肥四周的围篱是用树枝编成的，可是现在好几处已经有了缺口和缝隙，看到这些又让人心里老不痛快。我径直走到菜园那儿的平地，向洛伦佐打了招呼，问他和他太太身体可好，并互相交换了对天气的看法，借此切入我计划的话题。"好啊，看样子要下点雨了！"我说。这位几乎与我同年的洛伦佐将身体支在他的铁锹上，斜眼向天空中飞掠的云层投去短短一瞥，便摇着一头灰白头发的脑袋说："今天不会下。"我说："谁知道呢，没准儿会有意外，虽然……"他狡黠地再次斜眼朝天空瞟了一眼，使劲地摇头，用一句话结束了关于下雨的谈话："不会下，先生！"于是我们的谈话便转到蔬菜上，谈刚扦插的洋葱。我对他所做的一切大加称赞，随即便将话题引到我真正关心的事情上来。我说，上面围肥料堆的篱笆大概维持不了多久了，我建议换一道新篱，当然不必现在就动手，此时正忙着呢，而且还有许多事情要做，或许，能不能到秋天或冬天再换新篱笆？他同意我的想法。当他具体谈到这项工作时，我们发现，要更换的不仅是原先用栗树的青枝丫编成的篱栅，连篱笆桩也该一起换掉。他说："这些桩子固然还可支撑一年半载，不过最好还是……""是啊，"我说，"既然我们说到了堆肥，如果今年秋天没有把好土肥又全部施给上坡的园畦，而是给我的花台留下一些的话，至少装满几推车吧，那我会很高兴的。"他说："好！另外我们可别忘了，今年要增加草莓的种植，下面树篱旁的那片草莓圃已经好几年没种了，也得进行清理。"就这样，一会儿我说，一会儿他说，又想起为夏季、九月乃至秋季要办的这样那样的事。我们详细讨论一切之后，我就继续往前走去，洛伦佐继续干他的活儿，我们两人都对方才讨论的结果感到很满意。

然而我们两人谁也没有想到，我们都有点儿马虎，没有记起两人原本都十分清楚的一件事，它足以破坏我们方才谈话的兴致，使讨论的计划变得虚无缥缈。我们两人的商谈太简单，太轻信彼此，或者说近乎轻信。实际上洛伦佐同我一样清楚，这次所谈的美好构想和计划既不会在他的，也不会在我的记忆里保存多久，我们两人也许在两星期之内就把这件事忘得一干二净了，现在离更换肥料堆的围篱和增加草莓种植的实施日期还有好几个月呢！我们早晨在没有下雨之意的天空下进行的交谈完全是为了谈话而谈话，那是一场游戏，一支嬉戏曲，一次没有结果的高雅活动。我倒觉得非常愉快，得以把洛伦佐这张善良的老脸端详一番，又能充当他施展外交才华的对象，让他在我这位伙伴面前筑起一道饰以礼貌的漂亮防护墙，对待我的需求，他并未认真，只是虚与委蛇。另外，我们作为同龄人，彼此有着兄弟的感觉，要是我们中的一位一瘸一拐得很厉害，或因手指肿胀而特别困难，虽然他没有说，但另一位已面带会心的微笑，露出微微的优越感，并且为此而怀着某种赔礼道歉的心情——那是基于彼此休戚相关和相互同情的情谊——虽然我们并非不乐意自己此刻比对方硬朗，但想到另一位不能再站在自己身边的那一天，心里便早早怀着惋惜之情了。

我每次同洛伦佐说话时，心里总不由得想起已经过世十多年的娜塔莉娜。在她离去之后，我在园圃里干点儿园艺活儿来消遣时，第一次感到自己空虚和无用，第一次体味了那种有点儿苦涩的感情，这份感情也随着时间的流逝变得越加熟悉。再者，有关园事，娜塔莉娜和洛伦佐意见从不一致，他们不是朋友，而是彼此挑剔的竞争对手，互相都以警觉、猜疑和嘲弄的目光审视着对方。他是农民，是干重体力活儿的，他的职责是翻地、担水、扛石头、削桩、打桩和伐树。她，娇小灵巧、特别健谈的娜塔莉娜，在侍弄植物方面的天赋和成绩与在灶台上一样出众，在她的精心照料下，就是毫无挽救希望的插枝或残根也长得很茂盛，如今在园里还到处留存着她精湛园艺的丰碑，如一棵老式百叶蔷薇、一株巨大的绣球、几棵黑儿波和美丽的白百合。我们不能忘了她，她协助我们打理生活的黄金岁月，并使它更美好。在我隐遁的几年里，她是我的家神。我结婚和盖了房子后，她是我们忠实的保姆和同伴。啊，她是多么善于表达！她用词准确，她使用的句子尤其优美和精练，比起曼佐尼[1]和福加扎罗[2]来也毫不逊色，她的一些经典说法，我们

---

1. 曼佐尼（1785—1873），意大利诗人、小说家。
2. 福加扎罗（1842—1911），意大利小说家。

至今还不时引用呢。比如那只黄中带红的大公猫，那是房子盖好以后，她抱过来借给我们几天，好抓一抓屋里的老鼠的，可它转眼就跑了。照娜塔莉娜的解释，那是因为我们新装修的屋子过于华丽，把它吓着了。"Ma lui,spaventato di tanto lusso,scappava." 这句意大利语的意思是："它可被这么华丽的房子给吓得逃之夭夭了。"

（1954 年）

九月 夏日笑对消逝的园圃之梦

冷雨落在花上，

园圃伤情。

终场悄悄来临，

夏日寒噤阵阵。

高高的刺槐上飘落

片片金色的树叶。

夏日诧异而疲乏，

笑对消逝的园圃之梦。

它仍然于玫瑰花中

久久沉迷，企盼安眠。

缓缓地闭上了大眼，

它倦意连连。

早来的秋天

愿它的秋天不缺乏色彩和快乐

已经闻到枯叶的强烈的气味，

麦田望上去空空如也；

我们知道：再来一次暴风雨，

疲倦的夏天就变得面目全非。

金雀枝荚壳裂开。我们在今天

以为掌握在我们手里的一切，

会突然变得遥远，像神话一样，

花儿也都会奇妙地茫然若失。

受惊的心中不安地萌发出愿望：

愿它对生存不要过分执着，

愿它也体验树木一样的枯萎，

愿它的秋天不缺乏色彩和快乐。

初秋

夏日不会永久驻留

秋天在大地布撒白雾，

夏日不会永久驻留！

晚间明亮的灯光诱我

从清凉世界早早回屋。

不久园圃将寥寂，树木将凋零，

只有绕屋的野葡萄依然兴盛，

但不久它也将衰朽，

夏日不会永久驻留。

109

年轻时许多事令我欢畅，

可现已不再，旧日欢乐的情景

如今不再令我心花怒放——

夏日不会永久驻留。

哦，爱情，奇妙的烈焰。

多少岁月，你总是以喜悦和艰辛

在我的血液里熊熊灼燃——

哦，爱情，你也会燃尽？

"如同失落的故乡"
—— 黑塞信函中的园圃情思

我们恰好有几个阳光灿烂的蓝天，孩子们也正好放假，每天都帮我在园里做些秋天的清理工作。这期间，我总得去干点儿这样劳动的活儿，因为在屋里用眼过度，过一会儿眼睛就很不舒服，很容易引起眼睛剧烈的疼痛。天气好的时候，我眼睛的状况相当不错；天气不好，那就麻烦了，因为我不会也受不了整天坐着什么都不干。[1]

现在我身体不太好……但是每天还是花一个小时

1.《致埃米尔·莫尔特》，1916 年 10 月 6 日。

跪在菜畦里除除草，或是在外面画画水彩画。在我的病痛减轻，内心非常宁静的时候，我便谛听一会儿草丛中世界和谐的歌声。[1]

只要不下雨，这几天我整天都在薅草。这对我现在健康状况不佳的身体来说却像是持续获得的鸦片，能有半天或一天为我不断地镇痛。我在菜园除草，完全没有物质的推动力，也没抱多大的收成指望，因为整个菜园的工作不知花费了我几百个小时，而收获的总共只有三四篮子蔬菜而已。不过这项劳动却有着某种宗教的意味：跪在地上专心薅草，就像人们举行庄严的祭祀仪式，只是为祭祀而祭祀，且要不断重复，因为清除了三四畦杂草之后，第一块菜畦又长出青草来了。[2]

如果我睡了一夜好觉，正好又没有什么病痛，我的脑海中就会迸发出灵感的火花，就会浮想联翩，编织出许多童话和诗歌，其中有百分之一以后也许会被

1.《致卡尔·玛丽亚·茨维斯勒》，1932 年 5 月。
2.《致格奥尔格·赖因哈特》，1932 年 7 月。

写下来。这项思维活动我大都是在薅草时进行的，我一边从事机械性的劳动，一边同我的主人公对话，同时向他提出当今的一些问题，包括政治问题。一俟再没有什么时政问题和物质问题，他就消失。[1]

从我们童年时期至今，地球和植物界并无什么改变。这令人欣慰。[2]

我们这里越来越不平静了。三个月来，不断有一些来自德国的灾难消息传到我这儿——通过信件，通过忧心忡忡的人士，通过客人和来访者。到处是蜂拥而来的流亡者和难民，他们有的在精神上十分苦闷，有些则在物质上陷入困境……此外，我倒是极愿做我的园圃的奴隶，我和我太太几乎一有空就到园子里去干活儿。园里的劳动使我非常疲惫，活儿干得太多了点儿，然而，较之如今人们的所作所为、所感所思所聊，这种活计是人们能做的最明智、最惬意的事了。[3]

1.《致海伦妮·韦尔蒂》，1932 年 7 月 23 日。
2.《致采西莉娅·克拉鲁斯》，1933 年前后。
3.《致奥尔加·迪纳》，1933 年 6 月 5 日。

我的空闲时间全都属于园圃……我们弓着身子用喷壶浇水，用铲子铲土，干得满身大汗。而那两只小猫则是这块地的主人，它俩一边玩，一边友善地看着我们这两个佃农。[1]

1.《致格奥尔格·冯·德尔·弗林》，1933 年夏。

园丁的梦

喜获丰收，院里堆得层层叠叠

梦仙女的魔盒里装了什么？

首先我要堆积如山的上等粪肥，

一条没有杂草的小路和

一对从不残害小鸟的猫咪。

还要一盒神奇的粉末，撒到哪里，

蚜虫就变成盛开的玫瑰花丛，

刺槐立刻化为片片椰林，

椰子喜获丰收，院里堆得层层叠叠。

哦，梦仙女！请让清水

浇遍我们种植和播种的每块土地；

请再给我们不抽薹开花的菠菜

和一辆自己行走的推车！

我还要安全可靠的灭鼠药，

一套抗冰雹的气象魔法，

一条从厩房到屋舍的电动扶梯，

并且每晚为我换一副新的脊背。

千年之前

从睡梦中醒来，

心烦意乱，渴望出行；

夜间智者与我的绿竹低语，

犹在我耳际纤萦。

厌倦了憩息、卧躺，

我被拉出旧的轨道，

冲呀，飞呀，

向着那无垠的远方。

千年之前，我曾有

故乡和一座花园，

鸟冢上的园畦里，

藏红花从积雪中惊凝。

我欲展开鹏翅腾飞，

冲破拘囿我的牢笼，

向那儿飞去，飞向至今

仍在朝我闪光的黄金时代。

春天总会到来，届时每一朵花都将展现永恒的笑颜

致友人书信中的园事记趣

亲爱的朋友！

几个星期以来持续干燥温暖的天气，使积雪已经融化，只有树林边缘还有少许残雪，现在可以开始进行早春的清理工作了。洛伦佐已经将葡萄藤蔓全都进行了修剪和绑缚，一些新的柱桩白晃晃地竖立着，地上干枯苍白的冬草中，矮小的黄色报春花到处展颜欢笑。

去年栽种大丽菊和百日草的花坛左下方，是一条通往硬地滚球球道的小路，因为路旁的葡萄蔓挡了花卉的阳光，我就无情地将它们都清除了。在现在裸露的花坛上，十天来我一直生着一个火堆，焚烧树枝和

落叶。这些燃材都是带班园丁福格尔[1]从各处的步道和园畦等地方背来的。光是硬地滚球球道上就有八十到一百筐落叶，大约有五十筐已经烧掉了。落叶堆看起来已经干燥和松散，但是如果去掉上面的一层就会发现，下面的树叶很潮湿，有一部分还有厚厚的一层贴着地面，因此得经常用耙子翻一翻，将湿叶晒干，以免损坏球道，而最底下的湿叶几乎得一层层地清除才行。

有时"狮子"会在这位带班园丁干活儿时趴在他的背上来帮个忙。它同"老虎"一样，生来就紧张和羞涩，又都正值发情期，身体变得又瘦又长。再有，这几天又出现了一个敌人兼竞争者。从莱里奇来的维甘德夫人[2]正在我们家小住，她把她的那只漂亮的安哥

---

1. 福格尔（Vogel，在德语中意为鸟），黑塞的虚构名，他在同名自传体童话《鸟》（*Vogel*）中，描述了一位被放逐者的奇遇。
2. 埃莱奥诺雷·维甘德（1896—1976），政治家海因里希·维甘德的遗孀，也是黑塞的朋友。她在丈夫去世后，于1934年1月28日从意大利北部拉斯佩齐亚省的莱里奇镇到黑塞家小住。

拉雄猫¹也放在篮子里一起带来了，可我的两只雄猫兄弟却对它抱着拒斥的态度，也许是出于害怕或是嫉妒。因此这只安哥拉猫只得单独待着，单独喂食。我正想从心理学方面向我太太说明这种情况时，她恰好问我是否真的相信，我们家的这两只瘦猫看出了这新来的同类是只高贵的纯种猫，并且她怀疑，这位新客自己是否也知道，它是那样的猫呢。对于她的问题，我回答说："那么你认为，格·豪普特曼并不确切知道他是安哥拉作家²？"

画室前那棵高大的仙人掌也很让我担心。今年它第一次在室外过冬，虽然为它搭了个蛮不错的遮护棚，但是还不知道它能否免受冻害，或者会不会被冻伤……

1. 安哥拉猫的名称来源于其出生地土耳其首都安卡拉之旧称——安哥拉。安哥拉猫是最古老的名贵品种之一，其体毛不长也不短，姿态高贵、优雅，喜欢在浴池里或小溪中游泳，深受人们喜爱。
2. 格哈特·豪普特曼（1862—1946），德国作家，诺贝尔文学奖获得者。这里称豪普特曼是安哥拉作家，是从上文"安哥拉猫"引申而来。安哥拉猫是猫中珍品，声名远播，豪普特曼是世界杰出的知名作家，在文坛上享有崇高威望，所以黑塞戏称他为"安哥拉作家"。

现在我得去工作了。

您的好友向您致以诚挚的问候。[1]

我将一天时间分配给工作室和园圃，而从事园艺劳动非常适合沉思冥想，并有助于精神消化，所以必须独自默默去做。[2]

今年入冬之前天气相当温暖，我屋前还有一畦完好无损的绿油油的旱金莲，叶子又肥又绿，绿叶中竟还开着三两朵花儿。早晨，下面山谷里还有点儿霜，虽然四处光秃秃的，但阳光明亮，色彩斑斓。极目远眺，周遭山外有山，一山更比一山高，高山之上皑皑白雪闪着银光，黄昏时分，晚霞似火。我刚从巴登温泉疗养回来，很想在下雪之前尽可能把园子清理一下。我在拔掉了大丽菊的花坛上生了一堆火，青烟袅袅升起，稀薄而绵长，为这阙风景乐章增添了一小段蓝色变奏曲。[3]

1.《致贡特·伯默尔》，1934 年 2 月 20 日。
2.《致卡尔·伊森贝格》，1934 年 4 月。
3.《致阿尔弗雷德·库宾》，1934 年 12 月。

现在我们这儿终于很热了，在大多数日子里，每天在园子里的劳动便是我能做的一切。不久前，一场暴风雨夹着大冰雹几乎把我们的一切都砸烂了，这够我忙一阵子的。在给番茄浇水，或是给一棵漂亮的花松土时，你就不会有艺术家常有的那种讨厌的感觉：这有意义吗，这样允许吗？压根儿没有这种感觉！在园圃里，你的所作所为完全由你自己做主，这才是我们需要的。[1]

我很高兴，这个夏天我几乎强制自己集中思想，摆脱时政问题，至少写了寄给你的这首田园诗。别人恐怕无法察觉，它是在什么环境下产生的。[2]

今年，我们这里和煦的春天来得很早，只不过对它而言可惜了，就像其他艺术家面对世界时的哑口无言。这个世界向来是个喧喧嚷嚷、咄咄逼人、狂妄自大、得意忘形的人物，他不时露出狞笑，要是把这当

1.《致阿尔弗雷德·库宾》，1935 年初夏。
2.《致汉斯·施图岑埃格》，1935 年 12 月。施图岑埃格（1875—1943），瑞士画家，1911 年曾同黑塞一起到印度、斯里兰卡、马来西亚旅行，直到苏门答腊。

为作物浇水，1937 年

在园圃里，你的所作所为完全由你自己做主。

作幽默，那就错了。[1]

在这个也许明天就会被摧毁的世界上，诗人在遣词造句上仍然仔细琢磨、认真推敲、不断锤炼，这情景与眼下在草地上生长的白头翁、报春花等花卉完全一样。在这个也许明天就会弥漫着毒气的世界上，它们依然小心翼翼地长出小叶，抽出四枚、五枚或七枚花瓣的花萼，有的平整，有的呈锯齿形，都精确之至，赏心悦目。[2]

三年前复活节你们送给我的那些植物，我还一直未将它们的情况告诉你和萨莎呢。那时，你们给我的是三个鳞苞，我将它们放在钱包里带回家，种在一个花盆里。当年的三个鳞苞，如今已经变成一百多棵小植物了，有些我给了熟人。但是在这些植株中，只有最老的一株——很可能就是那三个原始鳞苞之一，完成了整个发育过程，成长至今。它生长迅速，如今已有二百六十五厘米高了，这还没有把由于主干在柱桩上

1.《致阿尔弗雷德·库宾》，1938 年 3 月。
2.《给儿子马丁》，1940 年 4 月。

绑了好几道造成的弯曲和盘拐算进去。它的主干有小孩的手指那么粗，木质十分坚硬，主干的三分之二以下全没有长枝芽，在这以上才长出小枝，都围在主干上，小枝端上又不断长出新的鳞苞，然后脱落，在地上发育为植株。不过它现在可能进入了最终阶段：主干的顶端，离最上面的那些小枝只有一小截的地方，前几个星期慢慢长出一根伞形花序，由四小丛构成，每一小丛大约有六至十朵漂亮的小花，其中大多数正含苞待放，已经绽放的花朵呈优美的杯形，淡红的颜色非常悦目。

估计它属于那种一生只开一次花的植物，开完花之后就会枯萎。总而言之，我想把上述情况告诉你们，好让你们知道你们送我的礼物所经历的变化。[1]

世界上很黑暗，不过春天总会到来，届时每一朵花都将展现永恒的笑颜。[2]

1.《致萨莎和恩斯特·莫根塔勒》，1941 年 1 月。
2.《致巴罗宁·亨内特》，1942 年 3 月。

到了现在这个年纪，我的视力越来越差，往往不能长时间工作，只能做些每天必须做的事。我有一个园子，一个简朴的提契诺园子，种了葡萄、蔬菜和一些花木，夏天我常在园里待上半天，生一个小火堆，跪在园畔里除草，聆听从山谷中传上来的村里的钟声，在这片淳朴的乡村小天地里感受永恒和真情，犹如我在阅读诗人或哲学家作品时体会到的。[1]

花儿开得美丽、欢畅，一如既往；在光秃秃的树林里，蓝色的绵枣儿，草地上的报春花、紫罗兰、藏红花等各种花卉都向我们纵声大笑，嘲笑我们各个愁眉苦脸，忧心忡忡。[2]

要是人们能重新在园子里脱下外套，要是矮小的藏红花在细瘦的草丛中生长，黄翅蝶亮灿灿地在温暖的空气中翩翩飞舞——这总是一个美好的奇迹。[3]

在我们南方，夹竹桃十分受人喜爱，我的园子里

1.《致保罗·A. 布伦纳》，1942 年秋。
2.《致恩斯特·卡佩勒》，1944 年 3 月。
3.《给儿子布鲁诺》，1945 年 2 月。

也屹立着很壮实的一棵。如果我们从蒙塔诺拉开车进入恩加丁[1]（这是几年来我还颇有自信的唯一的短程旅行），先经过卢加诺，沿着湖的一侧到波尔莱扎，再一直驶往湖的尽头，然后驶往科莫湖（梅纳焦），沿湖行驶好几公里，直到科莫湖的又一个尽头，翻过基亚文纳，沿着贝格尔山谷上行，直抵马洛亚。在这趟路程的南段，沿卢加诺湖和科莫湖湖滨前驶的公路两侧，数百株高大的夹竹桃花在夏天盛开，花有白色和深浅不一的红色。我特别喜爱夹竹桃，穿行其间，真是赏心悦目，这许多盛开的夹竹桃每次都是我旅行印象中最美好的记忆。[2]

这世界并没有给我们很多恩赐，它往往充斥着喧嚣与恐惧，可是草木还是照样生长。如果有朝一日地上盖满了水泥盒子，那时，天上的云彩依然在变幻、嬉戏，世上有些地方仍然有人借助艺术打开通往神的

1. 恩加丁，一译恩嘎丁，是瑞士东南部格劳宾登州境内的一条因河河谷。恩加丁以充满阳光的天气、秀丽的风景和户外运动而著称。
2.《致西格弗里德·泽格》，1954年7月末。

大门。[1]

禁锢状态不能像在园子里干活儿那样使眼睛得到放松，所以我的眼睛不但疼痛，还整天流着泪水，什么也干不了，只好干坐着。当我想到死亡的时候，就想，别的不说，死亡意味着结束我这个小小的个人地狱，摆脱使我的半辈子陷于昏暗之中的地狱，应该说，这是极其惬意的。[2]

同泥土和植物打交道，就类似静坐冥想，能使灵魂得到放松和安宁。[3]

1.《致库尔特·维德瓦尔德》，1949 年 1 月。
2.《致埃尔温·阿克尔克内希特》，1954 年 5 月。
3.《致约翰娜·阿藤霍费尔》，1955 年秋。

薄暮中的白玫瑰

你吐纳着幽幽之光，任苍白的梦魂遐畅

你将玉颜偎依在叶面，

任凭死神摆布，

你吐纳着幽幽之光，

任苍白的梦魂遐畅。

一如亲切的歌声，

你沁人心脾的芬芳，

整个黄昏时分

依然在屋里浮荡。

你弱小的心灵

怯生生地对无名氏寄情，

是微笑，是死亡

全都永驻我心，玫瑰啊，妹妹！

石竹花

园中石竹花盛开，

可爱的香气四处飘逸，

不睡眠，不等待，

石竹花只怀有一个心愿：

绽放得更快速、更火热、更豪放！

我看见一团耀眼的火焰，

大风向烈火急骤飞奔，

因无法抑制的欲望而战栗，

火焰只怀有一个心愿：

燃烧得更快、更猛烈！

亲爱的，我血液中的你啊，

什么是你追寻的梦想？

你不愿一滴滴地流淌，

志在澎湃的洪流中

泡沫翻腾，浪花飞扬！

我热切盼望能随着火车远去，驶向广阔的世界

童年的花园

一天清晨，我口袋里揣着一本书和一块面包走出家门，想出去玩玩。按我幼时的习惯，总是先转到屋子后面，走进仍在树荫遮掩下的园子。园里几棵冷杉树是我父亲栽种的，我记得当时这几棵树还很小，枝干都很细，如今长得挺拔而粗壮，树下积了厚厚一层浅褐色的针叶。多年来除了常春藤，树下什么也不长。然而旁边有个狭长的花坛，母亲种的好多花木正在盛开，花团锦簇，欣欣向荣，每个星期天都能供人采上几大把花束。其中有一种开的是一束束珠红色的小花，

名叫"燃烧的爱情"[1]；还有一种纤柔的花灌木，细弱茎枝上悬挂着许多红色和白色的心形花朵，称之为"女人心"；另外一种有臭味的花，叫作"盛气凌人"。这些花旁边还有长柄紫菀，不过现在还没有开花。这些花木之间，地上匍匐着带有软刺的肥叶景天和长相滑稽的马齿苋。我们觉得这个狭长花坛里所栽的这么多奇花异卉，比两个圆形花坛里的玫瑰更奇特、更珍贵，所以这个花坛就成了我们心中的天之骄子和梦中花园。每天，当太阳照着花坛，灿烂的阳光照射在爬满常春藤的围墙时，花坛里的各种花卉纷纷竞姿秀色，争奇斗妍：鸢尾花炫耀着自己丰腴的体态和亮丽的色泽；天芥菜开着蓝色的花，着了魔似的沉醉在自己的馨香中；狐尾苋的花序畏畏缩缩地低垂着；耧斗菜则踮起足尖，摇着四柄夏季风铃。成群的蜜蜂在秋麒麟草[2]和蓝夹竹桃的花丛中嗡嗡地飞来飞去；褐色小蜘蛛正在

---

1. 即皱叶剪夏罗（Lychnis chalcedonica），别名皱叶剪秋罗、鲜红剪秋罗，石竹科蝇子草属，多年生草本植物，花10—15朵簇生于茎顶，砖红或鲜红色，可用于布置花坛、岩石园等，也可做切花或盆栽观赏。
2. 秋麒麟草在七八月开花时，枝头长满金黄色的小花，宛如金色的鞭子，俗称"黄金鞭"。

浓密的常春藤上匆忙地穿梭结网；身宽体胖、翼翅透明的蝴蝶在紫罗兰上方恣意地振翅飞舞，发出嗡嗡之声，此类蝴蝶也被称为天蛾或鸽尾蝶。

我怀着假日的欢快心情行走于花丛之间，在各处闻闻伞形花序的芳香，或小心翼翼地用手指掰开花萼，朝里探视，窥察神秘莫测的、灰白的幽深之境，探究井然有序的叶脉和雌蕊、毛茸茸的花丝和晶莹的花粉管。同时，我也放眼天空的晨云，凝视那缕缕雾霭和毛絮般的云层纷杂缭乱，交织成奇形怪状的云团……

我有些许惊奇，心里感到隐隐的压抑，环顾四周这片非常熟悉且充满儿时欢乐的地方。我望着这小小的花园、缀满鲜花的阳台、照不到太阳的潮湿院落，以及院子里长了青苔的石铺小径，这一切已经旧貌换新颜了，甚至连花木也多少失去了一些无穷无尽的魅力。那只旧水桶和引水管依然安守本分，平淡无奇地待在园子的一角。此时我想起，从前有回我给父亲惹了大麻烦：我把桶里的水整整放了半天，好让我的几个木制水轮转动起来，为此还在路上筑了堤坝，结果弄出几条"运河"，酿成一场大水灾。这只历经风吹雨打的水桶曾是我忠实的伙伴，是伴我消磨时间的挚友，如今端详着它，那儿时欢乐的余韵又萦绕在我的心头，只不过有些悲伤的是，水桶已不再是源泉、河流和尼亚加拉大瀑布了。

我一边想着，一边翻过篱笆，摘下轻拂面颊的一朵蓝色牵牛花，含在嘴里。我决定出门散步一趟，爬上山去，从山上俯瞰我们的这座城市。散步并没有很多乐趣，我早年就从未想过这项活动。孩子是从不散步的——他进了树林就是强盗、骑士或印第安人，到河边就是撑筏工、渔民或磨坊工人，到草地上不是捉蝴蝶就是逮蜥蜴。对我来说，这次散步像是一个茫然不知所措的成人所采取的一个郑重而又有些乏味的举动。

蓝色牵牛花不久就已凋谢，被我扔了。这会儿我嘴里咬了根刚折下来的黄杨木枝，味道苦涩而清香。我走上铁路路堤，那里有棵高高的金雀花，一条绿蜥蜴从我脚前爬了过去，这下，我的童心又被唤起了。我立马跟随它，蹑手蹑脚地潜伏在其后面，直到将这只胆怯的、暖热的小动物抓在手里。我注视着它那宝石般亮闪闪的小眼睛，感觉到它柔软有力的身体以及硬邦邦的四只脚在我的手指间竭力挣扎，顽强抵抗，心里又体验到了儿时捉蝶逮虫的乐趣。然而突然间，这种乐趣一下就全消失了，拿着这只被捉住的小动物，我竟不知道该怎么办。我发觉抓条蜥蜴毫无意义，再也不觉得这有什么快乐。我弯下腰，松开手，蜥蜴感到片刻惊讶，两肋急促地呼吸，随即奋力逃脱，消失在草丛中。一列火车在闪闪发亮的轨道上驶来，从我身旁掠过，我目送它远去，瞬间如饮醍醐，领悟到自己在这里再也不会得到真正的快乐了，我热切盼望能随着这列火车远去，驶向广阔的世界。

（1913 年）

青春花园

玫瑰伸出墙垣摇曳点头，树梢为我唱起簌簌的歌

我的青春是一座花园，

草地上喷溅的泉水晶莹，

老树葱郁的浓荫

冷却我恣情春梦的燃焚。

焦渴地踏上充满期待之路，

我把青春乐园深锁。

玫瑰伸出墙垣摇曳点头，

奚落我天涯四处漂流。

渐行渐远，我清凉的花园里

树梢为我唱起簌簌的歌声，

我当仔细聆听，真挚而潜心，

这歌声更比当年优美动人。

暴风中的麦穗

如果我们明天还活着，天空将会怎样晴朗

哦，暴风多么深沉地怒吼！
它那可怕的威力使我们
不安而纷乱地低垂着头，
通宵不寐，战战兢兢。

如果我们明天还活着，
哦，天空将会怎样晴朗，
暖风和羊铃之声将会把
幸福泉洒在我们的头上！

我沉湎于大自然特有的魅力、庞杂而深奥的语言

外在世界的内心世界

　　还在孩提时期，我就不时有注视大自然各种奇特形态的癖好，不是观察，而是沉湎于它们特有的魅力、庞杂而深奥的语言。木质化的长长的树根、岩石的五彩纹理、浮在水上的油渍、玻璃的裂缝——所有诸如此类的形态，有时对我具有巨大的吸引力，我喜欢水、火、烟、云和灰尘，尤其是闭上眼睛就能看到的旋转的色斑……观察这类造型，沉迷于大自然非理性的、芜杂的、奇异的形状，会让我们心里产生一种感觉：我们的内心与使之形成这些造型的意愿合而为一了——不久我们就感受到竟有一种诱惑，想把这些造型当作自己一时兴之所至的创作。我们看到，我们和大自然之间的界线在抖动，在融化，我们体会到这样一种心

境，竟不知呈现在我们视网膜上的图像是来自外部印象，抑或源于我们内心的体验。任何训练都不会像这种训练一样，如此简单、如此轻而易举地发现我们就是创造者，我们的心灵始终在不断参与世界的永恒创造。更确切地说，活动在我们心里和大自然里的，是同一个不可分割的神，倘若外部世界毁灭了，那么我们之中就有人能够将其重新建造起来，因为山川与河流、林木与树叶、根茎与花朵，所有这些大自然中的造物，在我们心中都已经预先成形，都源自我们的心灵。心灵的本质就是永恒，只是我们没有认识到而已，不过它通常是作为爱之力和创造力而被我们感知的。

（1919 年）

致胞弟

荣耀与功名全将不值得快乐与张扬

如果我们今日重见故乡，

将陶醉地看遍每个房间，

将久久停留在旧园，

那当年俩顽童玩耍的地方。

我们在外面世界里

博取的荣耀与功名，

全将不值得快乐与张扬，

倘若故乡教堂的钟声敲响。

我们默默踏着昔日的路径，

走过童年时代的绿野，

心里的感受强烈而陌生，

犹如聆听传说，美丽而动人。

啊！不过等待我们的一切，

纯真的韶华或已不复留存，

不会再像当年我们儿时，

每天在园里扑蛾捕蝶的光景。

花儿也不能……

犹如花儿之凋谢，我们也会遭遇死亡

花儿也不能免于死亡，

虽然她一生清白无辜。

一如我们的生命纯洁无邪，

却也得承受痛苦，

我们自己也不清不明。

我们所谓的罪孽，

已被太阳消耗殆尽——

从纯洁的花萼中慢慢向我们散发的

是沁人的芳香和动人的婴儿眼神。

犹如花儿之凋谢，

我们也会遭遇死亡——

只不过是解脱之死，

是再生之死。

花园的建造、种植和照料都得我亲自动手

博登湖畔

以前，我还不曾有自己的花园，按照我乡居生活
的基本原则，花园的建造、种植和照料都得我亲自动
手，我还真这样干了好几年。我在园里盖了一座棚子，
用来堆放柴火和放置农具，在一位农家子弟的参谋之
下，划定了畦径和园畔，种了树木，有一棵栗树、一
株菩提树、一棵楸树、一道山毛榉树篱及许多浆果植
物和优质果树。果树苗冬天遭兔子和野鹿啃食，全毁
了，其余的都长得很好，那时我们还收获了大量草莓、
覆盆子、花菜、豌豆和生菜。我还在旁边辟出一块大
丽菊的苗圃和一条畦径，两旁的几百株向日葵示范性
地长得十分高大，向日葵下面还栽了数千棵各种色调
的红、黄金莲花。我在盖恩霍芬和伯尔尼至少有十年

锯伐木板，1935 年

花园的建造、种植和照料都得我亲自动手

之久，全是我一人亲手种植蔬菜和花卉，施肥、灌溉、清除畦径上的杂草，家里的薪柴也是自己锯自己劈。这些农活都很美好，也颇有教益，不过到头来却成了折磨人的沉重苦役。当农活是游戏的时候，的确是很美妙的，可是当它一旦变成了习惯和职责，那原本具有的快乐也就消失了……

此外，我们的心灵对环境面貌进行的加工、歪曲或者修正有多大，我们生活中的记忆图像受到内心的影响便有多深，这一点在我对盖恩霍芬第二栋房子的回忆中表现得非常清楚。即使离开这栋房子二十年了，今天我对这栋房子的花园的记忆还十分清晰，对房子里我的书房和宽敞的阳台，连同各种具体细节，我都记得很清楚，连每本书在书架上的位置都能确切地说出来。可是相反，我对其他房间的记忆已经变得非常模糊了，真奇怪。

（1931 年）

花的生命

怯生生似孩童，她从一圈绿萼中
环视四周，几乎不敢注目观看，
感觉到为阳光的波涛所吸纳，
发现白昼和夏日竟这般蓝得出奇。

阳光、微风、蝴蝶都来曲意逢迎，
她呀，初次露出笑颜，
向生命绽开了忐忑不安的心，
悉心托付好梦连连的短暂一生。

如今她畅怀欢笑，色彩灿然鲜艳，
饱满的花管上铺满金色的花粉，
她经受了中午灼燃的烈焰，
晚间疲惫地偎依着叶片。

她的花瓣宛如成熟女性的丰唇，
嘴上几许角纹警示桑榆暮景，
她纵声大笑，可是她的心头
却已透露了餍足和萧森。

如今花瓣也开始凋谢，
萎蔫地在花托上垂悬，
艳丽变成苍白：巨大的秘密
围拥着奄奄一息的玉英。

暴风雨之后

在黑暗和悲惨之中找回自己

姐妹般弯腰朝着同一个方向，

所有的花朵在风中雨珠滴淋，

依然战战兢兢，雨水模糊了眼睛，

有的柔弱花枝已经折断，满地凋零。

虽然头晕目眩，心有余悸，但她们

又慢慢抬起头重新迎向可爱的阳光，

劫后余生，初绽笑颜，姐妹情深谊长：

我们还在，敌人岂能将我们摧毁！

我还记得暴风雨中的景象：

目眩头昏，一蹶不振，凄怆萧森，

竟能在黑暗和悲惨之中找回自己，

向着和蔼的阳光——我的爱感激你的恩情！

午歇

天空又笑得清朗，鼓胀的空气到处飞舞。我再度来到了远方的异乡，却仿佛有重回故乡之感。湖畔的树下，是我今日的歇脚处；我画了有老牛的茅屋和云朵，又写了封寄不出的信。此时，我取出午餐：面包、火腿、花生、巧克力。

不远处桦树林立，枯枝稀稀疏疏地散落一地。我突然想生个小火堆为伴，于是收集了满满一把树枝，在其下方放些碎纸，生火点燃。轻烟袅袅，在正午的炙热阳光下，淡红色的火焰燃烧着异样的光芒。

火腿的滋味真好，明天再买些。老天，此刻如果手边有些栗子该有多好，那么我就可以享受香爆栗子了。

用罢午餐，我把外套铺在草地上，随意躺下，看着那缕轻烟及烟尘中成为祭品的小虫朝天空缓缓上升。此时真该来点儿音乐和节庆气氛的。我想起艾兴多夫的诗，他的诗有些我耳熟能详，朗朗上口，但能想起的并不多，有些只能记得片段。我半哼着最美的两首诗，那是由胡戈·沃尔夫和奥特马尔·舍克谱上旋律的《谁流浪异乡》及《可爱忠诚的鲁特琴》，曲调很哀伤，但那样的哀伤恰如夏日乌云，云后便是阳光与信心。这就是艾兴多夫，这正是他超越默里克和莱瑙之处。

　　如果母亲还健在的话，我会想念她，我会让母亲知道一切关于我的事，我会向她告白一切。

　　然而，迎面走来的却是位黑发小女孩，年约十岁。她看看我，又看看小火堆，然后收下我给她的花生和巧克力，和我一起坐在草地上，告诉我有关她的羊，以及她哥哥的事。她说话的表情非常庄严、慎重，相比之下，像我们这样的老人，显得多么可笑。谈话告一段落，她也该回家了，她得带午餐给父亲。小女孩端庄有礼地与我道别，迈开穿着红线袜及木拖鞋的脚，继续未完成的旅途。这个小女孩，名叫安诺琪亚妲。

火熄了。不知不觉中，太阳已西斜。今天我还有好长一段路要走。蹲下身来打包时，我想起艾兴多夫的一首诗，于是随口哼唱了起来：

匆匆，啊，安详时分瞬间即至
我也将随之歇息，头上
美丽、孤寂的森林簌簌作响
即使在此地，我仍是陌生的异乡人

我第一次体会到，这可爱诗句中的忧伤只是黑色云翳，只是哀悼往事如烟的轻柔音乐，它美得令人感动，但却毫无悲痛。我带着这样的淡淡忧伤上路，轻快、满足地快步登山。湖在脚下，河边尽是栗树，磨坊的水车悠悠地酣睡，我，信步走入寂然的蓝色晴空中。

（1919 年）

花香

袅袅上升，渗入蜜甜的云彩

风信子的花香

风信子的花香实难随风飞扬，

它袅袅上升，渗入蜜甜的云彩，

甜甜的馨香令人昏昏欲睡，

犹如轻盈的梦影萦绕在脑海。

石竹的花香

石竹的花香在热烈的华美中

熊熊灼燃，如微风飘拂

154

往返于梦幻般的夏夜，

系着节奏欢快的歌唱

热情洋溢，激越铿锵，

随后在火热的空气中散溢，

犹如欢乐的节日匆匆结束，

留在你心里的是一丝痛楚的思索。

紫罗兰的花香

紫罗兰的花香温柔欢快地

拂过浅绿的矮树篱，

引诱你前来、挨近，

却又调皮地捉起了迷藏，

悄悄在你心灵里

融入了久被遗忘的、

甜蜜而无可估量的

故乡之爱。

木樨草的花香

木樨草的花香，你得闭上眼睛
从朴素的花朵里将它细闻；
它将在你心里悄悄叮咛：
常将故乡思念。

茉莉的花香

茉莉的花香夜里弥散在花园四周，
以其外来的魅力让人沉醉，
她轻按沉睡者白净的额头，
放上爱恋之梦的浓艳的花环。

水仙的花香

水仙花香若掺和了泥土的气息，
就变得辛涩，然而却很温柔，

随着午间和煦的微风，

它是穿过窗户来到的安静的客人。

我曾对此一再思忖：

它何以受到这般宠幸？

因为在我母亲的花园里，

它年年都是最早的花香。

玫瑰的花香

玫瑰花香以甜美的魅力将你吸引，

用无与伦比的秀美，

轻轻将你爱抚，

像一首歌拨动了你的心弦，

它的纯洁与娇柔旷世无双，

你无法去衡量，

只能感受到甜蜜的遗忘

和甜蜜的当下时光。

天芥菜的花香

天芥菜的花香披着鬐发，

鲜艳华美，乌黑光亮，

——欢歌狂舞之后

女人松散的秀发。

桥

这条路通向一座架在山溪上的小桥，路畔有一挂瀑布飞泻。有一次我走过这条公路—— 事实上我已走过许多次，但是这一回情况特殊。当时战争还在继续，我的假期已满，必须重新启程，匆匆忙忙乘汽车和火车赶路，以便及时返回岗位。战争与公务，假期与归队，红色与绿色的证件，形形色色的长官、部长、将军，还有种种官僚机构——这是一个何等令人难以信任的混沌世界啊，然而它却存在着，它的力量足以毒害这片大地，军号声把我这个渺小的漫游者和画家也吹离了藏身之地。暮色下静卧着草地和葡萄园，溪水在幽暗的桥下呜咽，湿淋淋的灌木在风中颤抖不停，一片逐渐黯淡的晚霞还在天边显现冷冷的艳红，不久可就是萤火虫的时代了。这里的石头，没有一块不为我所热爱，也没有一滴瀑布水不让我感恩。难道有哪一滴水并非来自上帝的卧室。但是这一切都毫无用处，我对这片水淋淋、沉甸甸灌木的爱纯属感伤之情，现实完全是另一回事。这个现实叫战争，通过一个将军或者一个士兵的嘴发出号召，于是我必须快跑，于是来自世界上一切山谷里成千上万的人都得快跑，于是一个伟大的时代诞生了。我们这些善良可怜的动物迅速快跑着，于是时代变得越来越伟大。但是在整个旅程中，桥下呜咽的流水始终在我内心歌唱，天边晚霞甜蜜的倦容也永远泠泠有声，于是世界上的一切都显得极其愚蠢和可悲。

现在我们又回来了，每个人沿着他自己的溪水、自己的道路向前走去，我们望着不变的古老世界、灌木丛和草坡，用我们业已变得更寂寞、更疲倦的眼睛望着。我们思念那些埋葬在地下的朋友，我们仅仅懂得，这是我们必须承受的悲哀。

这美丽的蓝白色的水，仍然不断地从褐色的山上往下流，它唱着同一首古老的歌，在灌木丛中也依旧落满了山雀。再也没有军号声从远方向我们发出号召，我们的伟大时代又重新由充满魔力的日日夜夜组成，无论清晨或者黄昏，无论中午或者薄暮，宇宙无不永恒跃动着那颗无比宽容的心。当我们躺在草地上把耳朵贴向地面，或者靠在桥栏上弯身俯视河水，或者久久凝望晶亮的天空，我们就会聆听到这颗伟大平静的心，这是母亲的心，我们都是她的孩子。

今天我回溯那一个黄昏，那时我即将离去，我听到从远处传来悲哀的声音，那么蔚蓝，那么馨香，没有丝毫厮杀的声息。

总有一天，那些过去曾经扭曲我的生活，常常让我内心痛苦而充满恐惧的一切，都将不复存在。总有一天，随着最后一丝疲乏的消失，平静终于降临，大地之母将把我接纳。这将不是终结，而是把我携向新生，这是一场沐浴，一次小憩，让一切陈腐和枯萎灭绝，让一切青春和新事物获得呼吸。

到那时，我将带着完全不同的思想，重新走在这条道路上，倾听溪水，倾听晚霞，一遍又一遍，永不停息。

桦树

诗人的藤蔓一般的梦也不会比你更轻地俯首在风中

诗人的藤蔓一般的梦

也不会比你分枝得更细，

比你更轻地俯首在风中，

更高贵地耸向碧天里。

温存、年轻、过度苗条，

你克制住你的惶恐，

让你那又亮又长的树枝

随着任何微风飘动。

你这样轻轻地摇晃摆舞，

这种文雅的战栗的姿态，

不由得使我把它比作

年轻时温存纯洁的爱。

龙胆花

在幸福的阳光下，你陶醉于
夏日的欢乐，连呼吸都不易，
天空似在你的花萼中沉迷，
微风吹拂你周身的绒絮。

倘若风能将我灵魂的罪孽与痛苦
全都吹得不见踪影，
那我就可以成为你的兄弟，
与你共度平静的光阴。

这样，我的世界之旅
便有了幸福而便捷的终点，
就像你，蓝色的仲夏之梦，
遍游于上帝的梦幻花园。

蓝蝴蝶

倏忽间莹莹一亮，像清风瞬息飘过

一只小小的蓝蝴蝶

在风中翩翩起舞，

晶灿灿一闪而过，

像一阵细雨珍珠。

倏忽间莹莹一亮，

像清风瞬息飘过。

但见幸福向我招手，

也是晶灿灿一闪而过。

蝴蝶

我曾最后一次看到你舒展美丽的翅膀

我感到悲从中来，

当我走过了原野，

我看到一只蝴蝶，

暗红色、白色的蝴蝶，

在蓝风之中飘来。

你啊！在童年时光，

当世界还像早晨般爽朗，

天空就像在我的近旁，

我曾最后一次看到你

舒展美丽的翅膀。

你，多彩的温和的飘舞者，

我觉得你是从乐园而来，

对着你那神一般的明辉，

我不由张着羞怯的眼睛，

感到拘谨而自惭形秽！

白色的、红色的蝴蝶，

被吹往原野的远处，

我茫茫地继续走去，

来自乐园的宁静的光辉，

留在我的内心深处。

树木礼赞

对我来说，树木曾经是循循善诱的传道者。当它们在树林里和林苑中与其他树木聚集在一起或与其家族共同生长时，我对它们怀着敬意。而当它们茕茕孑立时，我对之更是敬佩有加。它们好似孤独者。它们不像那些由于自身的某种弱点而遁世的隐居者，而像是落落寡合的伟大人物，如贝多芬和尼采。世界在树梢上簌簌作响，它们的根扎入无穷深的地下，只不过它们未曾迷失其中，而是以它们的全部生命力追寻一个目标：实现它们本身固有的法则，扩展自己的形态，展现自我。没有任何东西能比一棵美丽而强壮的树更神圣、更尽善尽美的了。当一棵树被锯倒，它裸露的致命伤口暴晒在日光下的时候，人们可以在它的树桩——墓碑的清晰的剖面上读到它一生的历史：它的年轮和畸形长势忠实地记录了全部斗争、苦难、病痛，全部好运和兴盛，也忠实地记下了歉年与丰年、它顶住的侵害、经受住的风暴。农家子弟都知道，最硬、最珍贵的木材，其年轮最紧密，在高山上，在频繁遭遇险情的环境下生长的树木最坚固、最强劲、最出类拔萃。

树木都是有灵性的。谁能懂得与之交谈，懂得倾听它们，谁就获得真理。它们不讲大道理，不谈济世安民之策，它们割舍个别的东西，只讲生命的原始法则。

一棵树说：我身上有一个内核、一束火花、一种思想，我是永恒生命的生命。永恒的母亲拿我做的试验和取得的成功是独一无二的，我的形体和皮肤的脉络是独一无二的，我枝梢上叶子最细微的颤动，我肌肤上最微小的疤痕也都是亘古未有的。我的职责是，以我鲜明的不同凡俗的长相塑造和展示永恒。

一棵树说：我的力量是信念。我对我的先辈一无所知，我对每年从我身上繁育出来的成千上万的孩子也一无所知。我一生就为坚守我的种子的秘密，别无他虑。我深信，上帝在我心中。我深信，我的使命是神圣的。出于这样的信念，我生活着。

在我们忧伤的时候，在生活不容好生忍受的时候，一棵树就会对我们说：静一静！静一静！看看我！生活是不轻松，可生活也不沉重。你的这些想法都是孩子气的。让上帝在你心里说话吧，这样，那些想法就会默然无声。你感到害怕，因为你走的路偏离了母亲和故乡。但是每一步、每一天都会将你重新引向母亲身边。故乡不在此处或彼处。故乡在你心中，或者说，除此之外，无处是故乡。

当我听到树木在晚风中簌簌作响，云游四方的渴望就撕扯着我的心。你如果静静地、久久地谛听，对漫游的渴望就会显示其实质和意义。它并非如表面所示，是想逃避苦难。它是对故乡的渴念，对母亲记忆的渴念，是对生活新状况的希冀。漫游引导你回家。每条路都通往家中，每一步都是诞生，每一步都是死亡，每一座坟墓都是母亲。

每当我们为自己孩子气的想法感到恐惧时，树木就会在晚间簌簌作响。树木比人更深谋远虑，有持久和安静的思量，正如它们的生命比我们更久长。树木比我们更聪明，只是我们不听它们说的箴言。然而，倘若我们学会了倾听树木的金玉良言，那么即使我们有短视、急促和童稚式的冒失的思想，也会获得无比的快乐。要是学会了聆听树木的教诲，那就不用再渴望成为一棵树了——除了现在的自己，什么也无须奢望。这就是故乡。这就是幸福。

（1918 年）

修剪过的栎树

树啊！你的容颜显得陌生和奇形怪状，

他们怎会把你修剪成这般模样？

你千百次受苦遭殃，最后

剩下的唯有壮志和倔强！

我也遭受践踏，饱尝欺凌，同你一样，

但我未曾低头折腰，

面对凶横残暴

每天昂首迎接新的朝阳。

我内心的温顺和柔情

受尽世俗的热讽与冷嘲，

然而不可摧毁的是我的本性，

我已知足，并不记仇怀恨，

不急不躁，我从枝丫中

萌发新叶千百片，

我忍着一切苦痛，

对这疯狂的世界依然充满爱恋。

丢失的折刀

昨天我丢失了一把折刀，我从中得到一个教训，知道自己的人生观和一切认命的处世理念，其基础是很脆弱的，因为这点儿小小的损失居然令我极其懊丧。直到今天我还老想着那把丢失的折刀，而不取笑自己那种多愁善感的心态。

丢了这把小刀竟让我如此懊丧，实在是个不好的兆头。我有个自责甚深并与之斗争，却始终未能完全改掉的怪毛病，那就是对自己拥有一段时间的物件总觉得非常亲近。例如长期穿戴的一件衣服、一顶帽子，或是一根长久使用的手杖，一所久居的老屋，一旦不得不离开它们，总觉得浑身不舒服，有时甚至感到内心隐隐作痛，更不用说刻骨铭心的分离和告别了。那把小刀正在极少几样陪我经历了一生的起伏变化和伴我数十年之久的饱经沧桑的物件之列。

当然，我还存有几件年代久远的旧物，比如母亲的一枚戒指，父亲的一只钟，还有我幼年时期的几张照片和一些纪念物。不过，所有这些东西都是没有生命的，像博物馆里的陈列品，存放在柜子里，几乎多年都不拿出来看一回。这把折刀可是我多年来几乎天天使用的东西，在口袋里放进掏出数千次，工作上用到它，也用它来玩儿，用磨刀石磨过数百次，过去也曾多次失而复得。这把刀是我之所爱，值得为它献上一首挽歌。

这不是一把一般的折刀，与我一生中拥有过、用过的很多折刀不同。它是一把园艺刀，其独一无二的刀刃非常锋利而坚固，呈半月形，装在结实而光滑的木柄上。它不是那种豪华刀，也不是玩赏刀，而是庄重、结实的武器，是一件耐用的、造型古朴的、纯粹的工具。这些传统的形制源自千百年来祖先的经验，往往长期抵御了工业的冲击，抵御了它企图以其很不耐用、毫无意义、只供赏玩的新产品来取而代之的勃勃野心，这是因为工业的存在是建立在这种想法之上的，即认为现代人不再珍爱自己的工具和玩具，总是轻率而频繁地加以更换。如果像以前那样，每个人一辈子只买一把真正结实耐用的好刀，并且对之爱惜有加，一直用到老，那么，那些刀具厂岂不是都要关门大吉了吗？不是的，今天人们时刻都在更换刀、叉、袖扣、帽子、手杖和雨伞，工业界成功地使这些物品服从于时尚。而那些时尚款式只打算流行一个旺季，当然就不能要求它们同真正耐用的传统款式那样优美、生动和讲究了。

得到这把漂亮的镰形园艺刀那天的情景，我至今仍记忆犹新。当时我在各方面都处于巅峰状态，精力旺盛。我刚结婚不久，离开了城市，摆脱了为了糊口而从事的职业之桎梏，搬到博登湖畔一个美丽村庄，生活独立自在。我写的那些自己觉得很不错的书获得了成功；我在湖上有一艘划艇，妻子怀着第一个孩子。这时我正在实施一项伟大的计划，心里想的全是这项计划意义之重大：建造一幢自己的屋子和修建一座自己的园子。土地已经买妥，建筑尺寸也已量好，每次踏上那块地皮，我心里就会郑重地感到这项行动的美好和庄严。我觉得，我在这里奠定了今后永久的基石，这是为我和我妻子、孩子在这里营建的家园和避风港。不久建房计划也完成了，园子也按照我的想法渐渐有了眉目，园里修了一条长而宽的中间通道，一口水井，以及一片有栗树的草地。

当时我大约三十岁。有一天，轮船替我运来了一件很沉的货物箱，我还帮着把它从栈桥拖上码头。这个货箱是一家园艺厂商寄来的，里面装的全是园艺工具：铲子、铁锹、鹤嘴锄、耙子、锄头（我尤其喜欢其中的一把天鹅脖锄头），等等。里边还有几件用布片裹着的小巧工具，我兴奋地将它们一一打开察看，其中就有这把弯月形折刀。我立即将它打开，试试它的锋利。但见这把精钢制成的小刀寒光闪烁，背部弹簧跳起来很坚硬，绷得很紧，刀柄上的镍质贴片耀眼夺目。当时这把刀只是个小小的附属品，是我订购的设备中一个微不足道的配件。可是我何曾想到，有朝一日，在我的住宅、园子和故乡等近年拥有的一切美好

东西当中，只剩这把折刀，它还属于我、始终伴我在
身边。

有了这把新刀没多久，有回它差点削掉我的一根
手指，至今我手上还留有一道明显的伤疤。这期间花
园建好了，种了东西，屋子也落成了。多年来，每当
我踏进园子，这把刀就是我的伙伴。我用它给果树剪
枝，切下向日葵和大丽菊扎成花束，还用它为我的小
儿子削鞭把和弓箭。除了短期外出旅行，我几乎每天
都会花几个小时，待在这座多年来一直由我亲手照料
的园子里，自己翻土栽培，播种灌溉，施肥与收获。
每到天气转凉的季节，我常常在园子的一角生起一堆
小火，将杂草、老树根和各种废物烧成灰烬。我的儿
子们很喜欢参与其中，把树枝和芦苇秆放进火里，在
火堆里烤马铃薯和栗子。有一次，我不小心把小刀掉
到火里，将刀柄烤出一块小焦痕。从此，这把折刀就
带了一个烙印，因此在世界上所有小刀当中，我一眼
就能认出它来。

后来有段时间，我觉得住在博登湖畔的这幢漂亮
房子里不再那么舒坦了，便经常外出，往往不再打理

我的园子。我独闯天下，周游世界，好像把重要的东西遗忘在什么地方了。我一直到了苏门答腊东南部，见识过巨型绿蝴蝶在丛林里飞舞。我回家后，妻子和我取得一致意见，准备离开我们的屋子和村庄，这是因为儿子们渐渐长大了，该上学了；还有一些其他的事情，我们也都详细讨论过。只有一件事我从未跟人说过：我觉得留在此地已经失去了意义。当年我在这所屋子里对幸福和舒适所怀的美梦，已经成了虚假的春梦，我必须将它埋葬。

在此之后，我便迁居到瑞士一座美丽小城近郊的一处漂亮的旧园。园里老树巍峨挺拔，还可纵览近处威严的雪山。每年秋天到隔年春天之间，我又照老习惯在园子里生起火。然而，生活使我伤心，在这个新地方也有许多麻烦和不便，使我扫兴。于是我一会儿怪这，一会儿怪那，往往也在心里跟自己过不去。这时，我如果看到这把锋利的园艺刀，我就不由得想起歌德那因多愁善感而自杀的出色言论：不要死得过于舒服，而应当轰轰烈烈地倒下，至少也要亲手将刀子刺进自己的胸膛。不过在这方面，我也和歌德一样没有勇气。

不久，战争爆发了，于是我也无须再费时间去探究自己的不满与忧郁的缘由了。我清醒地认识到，根本就没有什么要治疗的，只要想尽办法在这时代的地狱里活下去，那就是治疗患得患失与灰心丧气的良药。因此，有一段时间我很少再用这把刀，因为我有许多其他事情要做。随后，一切渐渐都垮了，先是德意志帝国和它所发动的战争，在外国看来，这场战争简直是一场空前的大灾难。战争结束后，我的生活也完全改变了。我不再拥有园子和房子，又不得不同家庭分开，开始了寂寞和沉思的几年，备尝人生之艰辛。流亡时期，在漫长的冬季，我总是坐在冰冷房间里的一座小壁炉前，焚烧书信和报纸，并用这把旧折刀削木头，然后再把木头扔进火里，望着火苗，望着我的生命、雄心和学问，望着整个自我渐渐地烧毁，化为澄净的灰烬。此后，即使自我、雄心、虚荣和浑浊的生命奥秘还一再与我纠缠，我也总能够找到一个庇护所，认识真相；我也体会到，营造和拥有家园在我的生活中从来就不是一件幸福的事，这个认识也开始在我心里明确起来了。

如今，对这把伴我走过这段漫长的人生旅程的园艺刀，我确实难以割舍，这既非豪情亦非明智。今天我就再来一次既非豪情亦非明智的举动吧，要把此事放下，明天还有时间呢。

（1923 年）

山居之日

唱吧，我的心，今天是你的日子！

明天，当你死去时：

星星放光，你就看不到，

鸟儿歌唱，你就听不到——

唱吧，我的心，趁你的易逝的韶光

还在大大地放光！

太阳在闪着星光的雪上照耀，

白云环聚在深谷上远远地休息，

一切都新颖，一切都是光和热，

没有沉重的阴影，没有伤人的烦恼。

呼吸真舒畅，呼吸是幸福，

是祈祷，是歌唱，

呼吸吧，我的魂，让你的易逝的韶光
对太阳长久地大大地开敞！

生活是美好的，苦与乐是美好的，
被风吹散的每片雪都是幸福的，
我也幸福，我是万物的心脏，
我是大地和太阳的骄子，
在这一段时光，
在这一段欢笑的时光，
直到雪片被风吹得不知去向。

唱吧，我的心，今天是你的日子！
明天，当你死去时：
星星放光，你就看不到，
鸟儿歌唱，你就听不到——
唱吧，我的心，趁你的易逝的韶光
还在大大地放光！

日记

今天，在屋后的山坡上，

在盘错的树根和石头缝中

我刨出一个深深的土坑，

细心拣出土坑中的石块，

再将粗糙、瘦瘠的砂土担走。

随后跪蹲在老林里一个时辰，

在腐败的栗树的枯枝残叶下，

用铲子和双手挖取

霉味浓浓的乌黑的腐殖林土，

沉沉地挑回装得满满的两桶。

我在土坑里种下一棵树，

四周细心填上泥炭般的沃土，

再将阳光照晒的温水缓缓浇灌，

让它徐徐浸满土坑，

让树苗的根温柔地得到滋润。

这株幼小的树苗伫立着，

并将一直伫立于此，

直到我们灰飞烟灭，连同岁月的喧嚷，

无尽的苦难和惶恐不安全都淹没遗忘。

它什么都遭受过：什么焚风的肆虐、

风雨的蹂躏、烈日的讥笑、大雪的欺压，

还有鸟雀在枝丫上筑巢安家，

安静的刺猬在根部刨洞做窝。

岁月的流逝，动物的世代更迭，

身受的摧残与痊愈，风儿和阳光的友情，

——它亲历、品尝和遭遇的一切

百味杂陈，日日从它胸中迸涌，

汇成一曲树叶沙沙的歌唱，

聚为一支树梢轻摇款摆的舞蹈，

凝成甜香馥郁的琼浆，

滋润着含苞待放的蓓蕾，

或是在光与影的无尽嬉戏中

也对这永恒的游戏感到沉醉。

我曾经住过的房子

如今我不会再搬迁到一幢讨人嫌或者说是不起眼的屋子里去了。我已见识过许多古老的艺术，我曾到过意大利两次，也因此改变和丰富了我的生活。我辞去了以往担任的职务然后结婚了，同时还决定将来要完全定居在乡下。对于这些决定：选择居住地点，选定我们将来居住的房屋等，我的第一位太太起了很大的作用。她认为最有意义的是过一种简朴的、乡村式的、健康而又尽量清心寡欲的生活，同时在一切简朴之中又要住得非常舒适，也就是说房子必须坐落在美丽的环境中，可以看到美丽的风光，但这种美丽又必须十分富于特色和高贵，而不是平平庸庸的。她的最终理想就是拥有一栋半是农家、半是豪宅的乡村别墅，屋顶铺着青苔，房间宽敞，周围都是古老的树木，大门前要尽可能有一道潺潺流动的泉水。我也有完全相同的想法和希望，这当然是受了太太的影响。

于是我们便去寻找这栋已设想好的房子。最初我们在巴塞尔附近寻找了一番，因为这里到处都是美丽的村庄，接着我们在第一次拜访住在爱密斯霍芬的艾米尔·斯特劳斯[1]时，第一次看见了博登湖。最后我太太在巴登的恩特湖畔一个叫盖恩霍芬的村子里发现了一幢空着的农舍，农舍面朝一座乡村教堂，中间隔着一个幽静的小广场。当时我正住在卡尔夫老家，和父亲、姐妹们住在一起，写作长篇小说《在轮下》。我同意妻子的选择，我们租下了这座农舍，每年的租金是一百五十马克，当时在我们看来是极便宜的。我们从一九〇四年秋天开始布置新居，开始时碰到很多困难，让我们非常沮丧，从巴塞尔托运的家具、床铺迟迟不到，我们等了又等，每天都到湖边去等候从沙夫豪森

---

1. 艾米尔·斯特劳斯（Emil Strauβ，1845—1903），瑞士书商及出版商，黑塞的私交好友。

开来的早班轮船。就这样一天天过去了，我们等得心急如焚。我们把二楼那些房间里粗大的屋面梁漆成深红色，把楼下两间最漂亮的房间贴上了本色的松木护壁板，墙边那座坚固的火炉就是所谓的"艺术杰作"：这是一堵用绿色旧釉砖砌成的墙，上端呈一条粗糙的长凳形的台座，从厨房里通过来的灶火使它变得很暖和。这里成了我们喂养的第一只猫的窝，我们管这只美丽的雄猫叫加塔梅拉塔。

总而言之，这是我的第一个家。确切地说，我们只租用了这栋房子的一半，另一半是仓房和牲口厩，还都由那个农家自己使用着。这栋木架房屋的居住部分的底层是一间厨房和两间住房，有巨大釉砖火炉的那间比较大，是我们的起居室和餐厅。我们沿着半边墙壁摆了一溜粗糙的长板凳，背靠木板壁坐在那里是很暖和、很舒适的。隔壁那间比较小的房间是我太太的领地，放着她的钢琴和书桌。一架很粗糙的木板梯子可以通到二楼。上面那个大房间相当于楼下的起居室，开着两个成对角的窗户，望出去可以看见教堂和湖滨景色的一角，这间便是我的书房，里面放着一张大书桌，是我当时定做的，也是留存至今的那些年代里的唯一物品，当然这里也少不了一张斜面书桌，房间四周堆满了书籍。进门时要当心那高高的门槛，一不小心就会被低矮的门框撞痛脑袋，这样的事故已经发生过多次。年轻的斯蒂芬·茨威格来访时，一进门至少躺了一刻钟才缓过气来，他情绪过于激动，走得太急，使我根本来不及提醒他注意门槛。二楼还有两间寝室，再上面就是大阁楼。房子周围没有花园，只有一小片草地，草地上栽有两三棵小果树。我在房前挖了一溜儿花坛，种下一些醋栗树和几种花。

我在这栋房子里住了三年，我的大儿子出生于此地，我的许多诗歌和短篇小说就是在这个时期写的。在《图景集》和一些其他著作中都对我们当时的生活做了一些描写。后来我们住的一些房子就不再像这栋农舍那么讨我喜欢，因为它毕竟是我的第一个家啊！它是我们新婚夫妻的第一个隐蔽所，是我从事专业写作的第一间正式工作室，它使我第一次获得定居的感觉，当然同时也不时产生被俘虏、受规矩限制和约束的感觉。这里是我选择作为家乡而第一次沉入美丽梦境的地方。我在这里创作和奋斗，一切只花了极少、极俭朴的代价。房间里的每一枚钉子都是我亲手钉上的，不是花钱买来，而是从我们托运行李的木箱上起下的，我把它们一枚一枚地在房前的石阶上敲直了，又用麻屑和纸张把二楼墙壁上的裂缝都嵌平了，然后在上面漆上红漆。为防止住房四周那些低劣的土壤板结，为使刚栽下的花儿不被晒死，我费尽了心血。我们竭尽青年时代的全部热情布置这座住宅，对自己的行为充满了责任感，为此我们全身心都投入进去了。同时我们也曾经尝试让自己在这栋民居里过一种乡村的、自然的、单纯坦率的、没有城市气息和不时髦的生活。这种思想和理想引导我们的生活变得像罗斯金和莫利斯[1]的生活，也像托尔斯泰的生活。我们的尝试一部分成功了，也有一部分失败了，但我们两人都做得非常认真，一切都是怀着真诚和牺牲精神去做的。

　　每当我想起这栋房子，想起在盖恩霍芬村的那几

---

1. 约翰·罗斯金（John Ruskin, 1819—1900）和威廉·莫利斯（William Morris, 1834—1896），均为英国作家、改良主义者，主张建立理想社会。

年生活，就有两幅景象、两次经历清晰鲜明地出现在我眼前。第一幅景象是一个温暖的、阳光灿烂的夏日清晨，也就是我二十八周岁生日那一天的清晨。一大清早我就被一阵惊人的声音吵醒了，我慌忙穿上衬衫跑到窗口，只见窗下站着我的朋友路德维希·芬克，他召集邻村一帮人组成了一支乡村吹奏乐队，正在演奏一首进行曲和一支赞美诗，号角和单簧管在阳光下金光闪闪。

这是我想起盖恩霍芬故居时必然联想起来的第一幅景象。第二幅景象也同样和我的朋友芬克有关系。这一次我也是从睡梦中被吓醒的，不过是在半夜里，窗下站的不是芬克，而是布希勒，他通知我说，路德维希·芬克为自己的新娘购买的小房子不幸失火了。我们沉默地穿过了村庄，看到火光映红了天空，眼巴巴地望着这所刚刚造好的小巧别致、油漆过、布置妥当的小房子，在顷刻间化成了灰烬，房子的主人正在外蜜月旅行，明天一早就要偕太太归来。瓦砾堆在冒烟，余烬还在闪着火光，我们却不得不上路了。我们得去接芬克夫妇，向他们讲述这场灾难的实况。

和这所农舍告别虽然花了我们很多时间，但还算是轻松，因为我们早就决定了自己盖一栋房子。这方面的理由是很多的。首先，我们可以和外界少接触，过简单俭朴的日子，使我们每年都能储蓄一些钱。其次，因为我们很久以来就盼望有一所真正的花园，而且是建造在比较开阔、比较高的地带，可以让我们眺望远处的景色。还因为我太太体弱多病，加之如今又有了一个孩子，以致浴池、烧水锅炉之类的奢侈装置不像三年之前那么无关紧要了。我们考虑过、讨论过，倘若我们的孩子要在这地方长大，那么让他们在自己的房子里、自己家的地板上、自己家的树荫下生长是最美好和妥当的。我不知道我们两人是如何形成这种看法的，不过我们夫妇对这一看法确实非常认真。也许这仅仅是浓厚的小市民家庭观念，虽然我们两人对这种看法并不很强烈——但其结果是我们败坏了那几年获得的丰富果实；或者这也是由于农民意识在其中作祟吧？我自认为我的农民意识其实并不很牢固，即使当时也是如此，可是自托尔斯泰以来，也自耶勒米阿斯·戈特赫尔夫以来，当时德国就早已展开了颇为活跃的从城市逃避到农村去的运动，这些人要求在农村过一种以道德和艺术为基础的生活，而这个美丽的信念也在我的脑子里模模糊糊地形成了，并在我的小说《彼得·卡门青》中得到表现。我已记不清自己当时对"农民"一词作何理解，就连今天我相信自己也不能解释清楚。我恰好是和农民相反的人，也就是说（按照我的天性），我是一个流浪汉、猎人，一个没有住地的人和一个孤独者。是的，从根本上来说，我当时所想的和今天所想的并无多大不同，如今我把"农民——流浪汉"视为对立的，而当时是把"农民——城市人"看作对立的，我对农民气质的理解是：不单远离城市，而且首先要接近自然，准确地说，这种气质引导人们去过一种并非按照理智，而是顺从本能的生活。至于我的农民意识，仅仅就是否理智这一事实，对我本人并无任何妨碍。我们的爱好常常具有一种惊人的伪装才能，也给自己的世界观套上一层假面具。我在盖恩霍芬生活阶段的错误，并非在于我对农民气质或者诸如此类的东西抱有错误的观点，而是我的一部分思想意识引导我努力从事的事情和我的真实欲望完全不相符。我太太的意识和愿望究竟对我抑制到什么程度，我也说不清楚。现在回想起来，在最初几年中，我得承认她的农民意识比我更强。

　　总而言之，我们决定购买土地，计划盖一栋住宅。一位从巴塞尔来的建筑师，我们家的朋友兴德曼先生承担了兴建事务，大部分建筑款项是从我岳父母处借来的。当时土地很便宜，我记得，每平方米只要两三个银币。就这样，我们在博登湖畔的第四年，终于买下一块土地并盖起了一栋美丽的住宅。我们选中了离村庄较远的一块地方，可以一览无遗地眺望恩特湖的风光。我们可以望见瑞士河岸、赖兴瑙岛、康斯坦茨教堂的钟楼以及远处的山峦。新住宅比原来的农舍更舒适、更宽大，还专门为孩子、女仆和客人设了房间；还定做了衣柜和箱子，用水也不必像从前那样从水井里汲取，而是装上了自来水管，底层还有储藏酒类和水果的地下室，还有一间专为我太太洗印照片用的暗房，此外还有这种或那种漂亮和舒适的设备。我们搬进新居后也碰到了一些叫人头痛、让人心烦的事。下水道经常堵塞，厨房水槽里的脏水非但排不下去，还有溢出来的危险，一直等到我和喊来帮忙的建筑师两人肚子贴地地趴在住宅前，用竿子和铁丝重新疏通了排水管道，才免除了危险。不过总的说来，我们的日子过得还愉快，我们的日常起居和从前一样简朴，不过多少有点儿小的奢侈品，这是我过去连做梦都从未想到的。我的书房里建起了一个藏书室，新添了一个大书橱。四面墙上挂满了画。我们现在结识了许多艺术界的朋友，这些画一部分是我们自己买的，另一部分则是朋友们馈赠的。马克斯·布希勒离开后，这年夏天我们的客房里住进了两位慕尼黑来的画家：布罗迈尔和雷纳尔，我们很合得来，至今还是好朋友。

我很想把书房里的火炉改装得讲究些，于是砌起了一个巨大的绿釉砖炉子，这样就可以不停地添煤燃烧了。我们为建造这个火炉费了不少劲，有一次我还将整整一车釉砖退回工厂，因为这些釉砖上的绿釉没有我订购时见到的那样绿和漂亮。不过恰巧就是这个火炉给我们显示了技艺的精美和一切舒适设备的阴暗面：这家伙确实很暖和，但是稍微有点儿南风便会有煤气漏出来，甚至无法加以驱散。有一天炉子里面突然爆炸了，那一声巨响我至今记忆犹新，当时书房里顿时满是煤气、烟雾和煤屑，大家赶紧把炉子里的煤块拨出来灭掉，然后赶到两小时路程外的拉多尔夫采尔去喊炉匠，接着便有好几天不能使用炉子和书房。这种事连续发生了三四次，有两次我在事故发生后立即出门旅行去了，几乎没等爆炸声和烟雾消尽，我就拿起手提箱跑开了，我到拉多尔夫采尔请好炉匠，便动身赴慕尼黑，我是那里一家杂志社的出版者之一。总而言之，这种越出常规的事情是时有发生的。

对我来说，和房子几乎同样重要的东西便是花园了。我还从来不曾有过自己的花园，于是我在属于自己的地基上修了一座花园，园内的草木都由我自己安排、种植和照料，这种事我过去已干过多年。我还在花园里修建了一间用来堆放劈柴和园艺工具的棚屋，花园中的小径和花圃的位置是我和一个老农的儿子共同商量规划的，我们栽了一些树木，其中有栗子树、一棵菩提树、一棵桃树及一棵山毛榉树，还有一些醋栗和好看的其他果树。果树苗在冬天受到兔子和小鹿的啃食而毁坏殆尽，其他树木则都长得很茂盛美丽。当时，我们花园里的草莓、覆盆子、菜花、豌豆、莴苣丰盛极了。此外我还种了许多天竺、牡丹，而在那条长长的林荫道两侧，我种了数百棵极大的向日葵，在它们脚下则是上千棵呈现不同层次的红、黄相间的金莲花。我在盖恩霍芬和伯尔尼至少居住了十年，这期间我独立种植、照料着我们的蔬菜和花卉，给苗圃施肥、浇水，清除路上的杂草，甚至连全家用的柴火都是我自己锯断和劈开的。这些都是很美好的和富有教益的工作，可是到最后都变成了沉重的奴隶劳动。如果把农务劳动当作游戏，那么这些农活都是很不错的，但是当它们成为习惯和责任时，乐趣便消失了。胡戈·巴尔[1]根据我那些微不足道的材料所写的书，对我这一段在盖恩霍芬时期的曲折道路作了十分详尽的描绘，尽管它们稍稍过于直率，并且对我那位朋友芬克有点儿不敬。我在这里确实获得了极多的温暖，并且较他想象的具有更多的情趣。

此外，周围环境的景象制约、歪曲，甚至纠正我们的想象，同时对我们内心深处对于生活的印象也造

---

1. 胡戈·巴尔（1886—1927），德国作家、批评家，第一次世界大战期间也曾避居瑞士，成为黑塞的好友。这里说的是巴尔写的一本书《赫尔曼·黑塞，他的生活和著作》。

成了很大的影响，以致我清楚地感到自己羞于回忆我们在盖恩霍芬的第二所住宅。直到今天我还能极清晰地描绘出花园的面貌，我可以清楚地说出我的书房以及书房外宽阔阳台的每一个角落，可以指出当时每一本书所放的位置。而对于其他房间里的情况，由于时隔二十年，我就难以叙述清楚了。

我们当然都确切地记得这一安居乐业阶段的生活环境。我们房前有一棵宁静的、独一无二的大树，它属于我们家，这是一棵苍老挺拔的梨树，我特地在树下安放了一条长凳。我勤劳地耕耘、修整、装饰我们的花园，不久我的大儿子就拿着小铲子跟着我在花园里嬉戏了。可惜我们认为是永久的东西却未能恒久保存。我为盖恩霍芬耗尽了精力，却觉得它对我已不再具有什么生活意义，我开始经常出门作短期旅行。外面的世界如此广阔，我终于在一九一一年夏天旅行到了印度。当今的心理学家们认为热衷于放荡不羁是一种所谓的"逃避"，当然对于其他诸如此类的事情也是一样。不过我这样做也是一种尝试，以便能获得鸡零狗碎的体验。一九一一年夏天，我动身去印度，直到年终才回到家里。不过这一切仍未能令我满足。随着时间的推移，我们的不满足从内在的缄默发展到了外表，这种情况在男人和女人间本来是很容易发生的。我们已经生了第二个、第三个儿子，我们的大儿子也到了上学年龄，我太太不时想念着自己瑞士的故乡，还想搬到城市附近去住，这样可以多接触朋友和音乐，于是渐渐地，我们经常想到出售这栋住宅，让我们在盖恩霍芬时期的生活成为一段插曲。一九一二年，时机终于成熟，有一个人想购买这栋房子。

我们在盖恩霍芬生活了八年后，要搬到伯尔尼去了。我们当然不会搬到闹市区，否则就未免太过于背离我们的理想了。我们希望在伯尔尼附近找到一所安静的乡村式的房子，类似我的画家朋友阿尔培特·威尔第几年来居住的那栋特别美丽的古老庄园。我曾去过几次伯尔尼，每次都去看他，他那栋坐落在伯尔尼附近的漂亮的、稍显凌乱的房屋和花园实在中我的意。我太太一直想念她青年时期生活过的地方，对伯尔尼和伯尔尼的习俗，甚至伯尔尼的庄园都非常喜爱，至于我呢，看到那里有威尔第这样的朋友，于是就同意迁到伯尔尼去了。

当我们果真从博登湖畔搬到伯尔尼后，一切情况远不同于我们想象的。在我们迁居到伯尔尼前几个月，威尔第和他太太相继得病并很快去世了，我到伯尔尼参加了他们的葬礼。这时便形成了这种局面，倘若我们想迁居伯尔尼，那么最好是接收威尔第的住宅。我们心里都不大愿意这么做，因为那里刚死了人，未免太晦气了。我们想方设法在伯尔尼附近另找一栋，但是总找不到符合我们心意的房子。威尔第的住宅并不是他的私产，产权属于伯尔尼一个显贵家庭，我们可以接替威尔第续租，连同屋里的一些家具，威尔第家的狼狗朱西，我们都可以一并留下。

房子坐落在伯尔尼的梅尔辛布尔路，就在维第希柯芬宫的上方，无论从哪方面考虑，这都是我们这类人最理想的住宅，也正实现了我们自从巴塞尔时期以来久已有之的想法。这是一座纯伯尔尼风格的乡村别墅，有着圆圆的伯尔尼式的山墙，一种强烈的不规则性给这座房子增添了一种特殊的吸引力。我们觉得这座房子混合着农民和贵族的特征，给人以舒适的感觉，它就像我们自己设计的那样，朴素和高雅参半，是一幢典型的十七世纪的建筑，侧屋和内部结构则具有拿破仑帝国时代的艺术风格，庭园里古树森然，其中一棵巨大的榆树几乎把一幢房子整个罩住了。那是一栋充满奇妙的角隅和空地的房子，这些角隅和空地有时候令人愉快，有时候却让人感到似乎有鬼魂在飘游。别墅还附带一大片农田，农田分配给一家佃户照管着，我们的牛奶和种植花草的肥料就是这家农户供给的。花园位于住宅南端，两排石头台阶对称地坐落在花园平台的两侧，花园里有许多美丽的果树。此外，离住宅两百步左右有一片被称为"丛林"的小树林，那儿长着几十棵老树，其中有些极漂亮的山毛榉树耸立在小小的山丘上，似乎在居高临下地辖制着周围的环境。屋后有一座美丽的石头井台，水声潺潺。朝南延伸的大游廊缠满了纵横交错的紫藤，站在游廊里可以纵览附近的风光和远处树木葱茏的山峰，只见一座山头连着一座山头，从透纳福贝尔到维特霍恩，像一条锁链似的一览无余，中间是巨大的少女峰群。我未完成的长篇小说《梦中之屋》里，有一段景物描写同这幢住宅和附属的花园非常近似，这部未完成的作品的书名是为了纪念我的朋友阿尔培特·威尔第，因为他有一幅极富特色的画用的也是这个名字。住宅内部还有许多极其有趣而珍贵的东西：美丽的老式壁炉、家具和各种装饰品，极雅致的带玻璃罩的法国座钟，高高的绿玻璃古镜，你往镜前一站，便像看见了自己的一位祖先，还有一座大理石壁炉，每年秋天黄昏我都要坐在炉边烤火。

蒙塔诺拉宅前的葡萄藤 ｜ 1931 年 ｜ 黑塞绘

我得听从生命的声音，它呼唤我跟随它。